Helme Heine/Gisela von Radowitz

Der verlorene Sohn

HELME HEINE
GISELA VON RADOWITZ

DER VERLORENE SOHN

ROMAN

KEIN & ABER

Für Helmuth

Tom blieben noch 13 Tage bis zur Entscheidung.

Er wollte fort. Weit fort. Egal wohin. Er wollte keine Erwartungen mehr erfüllen, keine Hoffnungen enttäuschen, keine Forderungen einlösen. Er wollte dem Schatten entkommen, den ein Fremder auf ihn geworfen hatte. Aber wie? Wie konnte er ihn abstreifen? Wie ihm entfliehen?

Ein Segler, einer dieser erfolgreichen Weltumsegler, die alle Landratten ungefragt mit ihren Abenteuern, Erfahrungen und Witzen überschütten, hatte ihm geraten:

»Geh allein aufs Meer. Das reinigt den Kopf. Und das Salzwasser den Darm.«

Also bat er Richard, ihm seinen Katamaran für einen Segeltörn zu leihen, für ein paar Ferientage.

»Warum nimmst du nicht das Boot von Edward? Es gehört jetzt dir!«

Tom schwieg.

»Gefällt es dir nicht ? Oder ist es kaputt?«

Er schüttelte wortlos den Kopf und ging.

Da war er wieder, dieser Schatten. Wie konnte er die Vergangenheit hinter sich lassen, wie das Vergessen üben, wenn der Schatten von Edward mitfuhr? Es war *sein* Boot gewesen, *seine* Kajüte, *seine* Angel. In großen dunkelblauen Lettern stand *sein* Name am Heck: Edward. Wie konnte er in *seiner* Koje schlafen, aus *seiner* Tasse trinken? In *seinen* Seekarten lesen?

Er ging in den Supermarkt, um reichlich einzukaufen. Heimlich. Sie brauchten nicht zu wissen, wie lange er fort sein wollte. Richard hätte ihn sonst mit sanfter Stimme darauf hingewiesen, dass er im Weinberg gebraucht wurde. Er, Richard, sei schließlich nicht mehr der Jüngste. Elisabeth würde ihm vorhalten, dass sie seinetwegen so hart arbeiteten. Denn wenn er nicht wäre, würden sie alles verkaufen und sich zur Ruhe setzen. So tat Tom, als segelte er lediglich für ein verlängertes Wochenende fort.

»Melde dich hin und wieder über Funk, damit wir ruhig schlafen können«, bat Elizabeth. »Das hat Edward auch immer getan.«

Richard verabschiedete ihn in der Kellerei mit einem aufmunternden Schlag auf die Schulter. Er mochte weder Gefühlsduselei noch sentimentale Beteuerungen. Er war in einer Zeit groß geworden, in der der Vater den Sohn nicht umarmte. Er war nicht grundsätzlich gefühllos, man musste nur seine Körpersprache zu lesen wissen. Ein kurzes Kopfnicken, ein anerkennender Blick, ein zustimmendes Lächeln genügten und wurden verstanden. Stieg der Vater aber persönlich in den Weinkeller, entkorkte eine Flasche, füllte zwei Weingläser und stieß mit dem Sohn an, dann war das Anerkennung und Lob.

»Die Wettervorhersage ist gut für die kommende Woche. Sie haben Sonne versprochen, das gibt dem Wein die letzte Süße.« Tom nickte. Es gab nichts mehr zu sagen. Richard griff in seine Hosentasche und drückte ihm eine kleine dunkelgraue Plastikbox in die Hand. »Das hätte ich beinahe vergessen. Schau es dir an, sobald du an Bord bist. Ich muss mich jetzt um die Zisterne kümmern, sie leckt.«

Elizabeth begleitete ihn hinunter zum Steg.

»Mach dir ein paar schöne Tage, mein Junge.«

Sie sagte nur *mein Junge* zu ihm, obwohl er sie wiederholt daran erinnert hatte, dass er *Thomas* heiße, oder *Tom,* und nicht ständig mit *Edward* angesprochen werden wolle. »Komm gesund zurück. Du bist alles, was mir geblieben ist.«

Langsam glitt er mit achterlichem Wind aus der Bucht. Er schaute nicht zurück. Er wusste, Elizabeth harrte auf dem Steg aus und wartete darauf, dass er ihr noch einmal zuwinkte. Das machte sie immer so, egal ob er vom Hof mit dem Auto ins weit entfernte Auckland fuhr oder mit der Personenfähre nur kurz auf die andere Seite der Bucht nach Paihia tuckerte. Sie liebte diese kleinen Abschiede, versprachen sie ihr doch stets ein baldiges Wiedersehen. Tom hätte gern auf die Winkerei verzichtet. Er fand sie albern, sie erinnerte ihn an seine Kindergartenzeit, weshalb er einmal versucht hatte, Elizabeth davon abzubringen. Ihre Reaktion war ungewöhnlich heftig gewesen: »Weißt du eigentlich, wie das ist, wenn ein geliebter Mensch den Raum verlässt und nie wieder zurückkehrt? Ohne sich zu verabschieden, ohne eine Zeile zu hinterlassen? Kannst du dir das vorstellen? Nein, mein Junge, das kannst du nicht. Du hast es nicht erlebt. Dieses Gefühl der Ratlosigkeit, der Hilflosigkeit, diese Leere kenne ich erst, seit Edward … seit er fort ist.«

Nachdem Tom das Boot aus der Bucht hinausmanövriert hatte, holte er das Geschenk von Richard hervor. Es war ein GPS, ein Navigationsgerät, das ihm mitteilte, auf welchem Längen- und welchem Breitengrad er sich befand. An der Rückseite klebte ein kleiner, gelber Zettel, auf dem in schön geformten Buchstaben stand: *Damit du nicht verloren gehst.*

Tom war gerührt. So viel Gefühl und Fürsorge hatte er Richard nicht zugetraut. Vorsichtig löste er den Zettel ab, um ihn in sein Notizbuch zu legen, das er immer mit sich führte. Er freute sich über das Geschenk und betrachtete es neugierig von allen Seiten. Dann jedoch entdeckte er im Innendeckel die Gravur *Für Edward* und wurde von Wut gepackt. Er umklammerte das Gerät so fest, als wolle er es zerdrücken, holte aus und schleuderte es über Bord.

Sechs Monate zuvor hatte Thomas an einem sonnigen Maitag in München sein Abiturzeugnis aus den Händen des Schuldirektors entgegengenommen, während seine Eltern Freudentränen darüber vergossen, dass ihr Sohn es geschafft hatte. Thomas war bei Lehrern und Mitschülern nicht unbeliebt gewesen, hatte jedoch zu den unauffälligen, blassen Mitläufern gehört, die sich auf dem Klassenfoto immer halb verdeckt in die dritte oder vierte Reihe stellten. Während der gesamten Schulzeit hatte er niemals die Hand gehoben, wenn jemand zum Geldeinsammeln für Ausflüge oder Schulbücher gesucht wurde. Sein Name hatte kein einziges Mal auf einem Wahlzettel zum Klassensprecher oder dessen Stellvertreter gestanden. Er hatte keine Schwäche in irgendeinem naturwissenschaftlichen, sprachlichen oder musischen Fach gehabt, aber er war auch niemandem durch besondere, herausragende Leistungen aufgefallen. Er hatte sich nur mit den Themen beschäftigt, die eingefordert wurden, und nur die Bücher gelesen, die zur Pflichtlektüre im Unterricht gehörten. Er hatte die Schulzeit wie der Ersatzmann im Sportverein durchlebt, der ohne Murren auf der Bank sitzt und widerspruchslos auf seinen Einsatz wartet.

In der Abiturzeitung hatten sich alle Schulabgänger wortreich und lustig über ihre Zukunft geäußert: darüber, ob und was sie studieren wollten, welche Uni sie bevorzugten, welche Autos und welchen Ehepartner sie sich erträumten. Fantasie und Hoffnung schlugen Purzelbäume. Unter dem Porträtfoto von Thomas dagegen stand nur ein einziges Wort: Neuseeland.

Alle, die es lasen, stutzten. War das eine Anspielung auf ein Geheimnis, das sie nicht kannten? Hatte man ihn unterschätzt? *Stille Wasser sind tief,* sagt das Sprichwort. Auf einmal stand Thomas im Mittelpunkt der Klasse. Und zu seiner eigenen Verwunderung genoss er das Interesse an seiner Person. Zum allerersten Mal in seinem Leben spürte er, wie aufregend es war, beachtet zu werden.

Beim Abschlussball der Abiturienten geschah dann das Außerordentliche: Als die Band vom Rock 'n' Roll zum Schieber wechselte, forderte ausgerechnet Katharina, die begehrte Klassenschöne, ihn zum Tanz auf. »Sag mal, Thomas«, erkundigte sie sich, »was hat es eigentlich auf sich mit Neuseeland? Willst du auswandern in das Land der Millionen Schafe? Oder bist du ein Wolf im Schafspelz?«

Thomas lachte.

»Später«, sagte er und drückte sie an sich. Er fürchtete, dass ihr Interesse an ihm erlöschen würde, sobald er ihr den wahren Grund verriete. Ein Geheimnis blüht nur in der Dunkelheit und verliert bei Licht betrachtet schnell seinen Zauber. Die Lösung dieses Rätsels war so banal, dass er sie unmöglich preisgeben konnte: Als die Redaktion der Abizeitung ihn nach seinen Wünschen, Hoffnungen und Träumen gefragt hatte, hatte er nur mit den Schultern gezuckt. Er hatte keine Ahnung, wie seine Zukunft aussehen würde. Es gab keinen Lehrer mehr, der ihm vorschrieb, was er tun, lesen, bearbeiten musste. Bis zum heutigen Tag hatte die Schule seinen Lebensrhythmus bestimmt. Das war jetzt vorbei, beendet. Jetzt erwartete man von ihm, die Zukunft alleine zu finden und zu gestalten.

Er hatte gehofft, dass die Bundeswehr ihm noch Zeit geben würde, über das Morgen nachzudenken, aber sie hatten ihn nicht gewollt. Er war ausgemustert worden: Heuschnupfen.

Was nun?

Er war alle Schulfächer durchgegangen. Bei keiner Disziplin hatte er Herzklopfen bekommen oder Neugier verspürt, mehr zu erfahren und sie zu seinem Beruf zu machen. Ratlos trieb er durch die Tage. Der Gedanke, eine falsche Entscheidung zu treffen, den falschen Beruf ein Leben lang ausüben zu müssen, wie der Vater Tag für Tag, Jahr um Jahr von 9 Uhr morgens bis nachmittags um 17 Uhr in einem Amt zu verbringen, erfüllte ihn mit Abscheu.

Wie konnte er sich also in der Abizeitung über eine Zukunft äußern, von der er keine Vorstellung hatte? Er träumte lediglich davon, eine Tätigkeit zu finden, die ihm Freude machte und in der er erfolgreich sein konnte. Das wars. Aber wen interessierte das schon? Das wollten sie alle.

Er ließ den schriftlichen Abgabetermin der Zeitung

verstreichen in der Hoffnung, von den Redakteuren vergessen zu werden. Doch kurz vor Drucklegung wurde er telefonisch gemahnt. Ob er zu dem Thema Zukunft keine Meinung habe? »Verschwitzt«, entschuldigte er sich. Sie gaben ihm zehn Minuten Zeit bis zum Rückruf. Wie immer, wenn er sich von einem Problem ablenken wollte, stellte er den Fernseher an. Die Stimmen im Kopf wurden leiser. Es lief ein Film über Neuseeland, und plötzlich kam ihm die Idee, seine Abiturreise, ein versprochenes Geschenk seiner Eltern, in dieses ferne Land im Stillen Ozean zu machen. Vielleicht würde er dort eine Richtung finden.

Er rief die Redaktion an und sagte: »Schreibt unter mein Bild: Neuseeland.«

»Sonst nichts?«

»Sonst nichts.«

Seine Eltern kramten aus dem hintersten Winkel des Bücherregals einen alten Schulatlas hervor und suchten das Reiseziel ihres Sohnes, von dem sie nur wussten, dass es irgendwo auf der Rückseite der Erdkugel lag. Sie würden seinen Wunsch natürlich erfüllen, versprochen war versprochen, doch verstehen konnten sie ihn nicht. Sie waren noch nie in ein Land gereist, dessen Sprache sie nur begrenzt beherrschten, dessen Kultur und Sitten sie nicht kannten und dessen Küche ihnen fremd war.

»Die jungen Leute von heute zieht es immer weiter

in die Ferne«, nörgelte Hubert, »als ob die Alte Welt nicht genug zu bieten hätte. Demnächst fliegen sie noch zum Mond!«

Liesel legte beschwichtigend die Hand auf seinen Arm. »Die Zeiten haben sich geändert. Erinnere dich an die Reaktion deiner Eltern, als wir ihnen mitgeteilt haben, dass wir unsere Hochzeitsreise nach Südtirol machen wollten.«

Hubert lachte. Seine Eltern hatten natürlich gewusst, dass Hannibal und Goethe einst über die Alpen in den Süden gezogen waren, aber dass ihr frisch verheirateter Sohn auf deren Spuren wandeln wollte, verstanden sie nicht. Sie hätten es vernünftiger gefunden, das Ersparte in eine Wohnzimmergarnitur oder in die Aussteuer zu investieren, anstatt es für eine Vergnügungsreise in ein fernes Land zu verschwenden. Sie ließen ihn wissen, dass ihnen damals zu ihrer Zeit ein langes Wochenende gereicht hatte, um zu heiraten. Im Anschluss an den Gottesdienst hatten sie mit einem Glas Schaumwein angestoßen und waren dann an den Baggersee geradelt, in den Fahrradtaschen Kartoffelsalat, kalte Koteletts und Brause. Es habe ihnen nicht geschadet, hatte Huberts Vater betont, im Gegenteil, sie erinnerten sich gern an diese unbeschwerten drei Tage. Hubert hatte anerkennend genickt und war mit Liesel trotzdem nach Südtirol gefahren.

Im Atlas entdeckte Liesel unter *Ozeanien* in den unendlichen Weiten des Pazifiks das winzig kleine Neuseeland und stellte erstaunt fest, dass es die gleiche Form hatte wie der italienische Stiefel, nur auf dem Kopf stehend. Hubert fuhr mit dem Zeigefinger langsam über die Landkarte, immer die Küste entlang, als suche er etwas. Und plötzlich hielt er aufgeregt inne.

»Da! Da ist es. Erinnerst du dich, Liesel?«

Sie schaute ihn verständnislos an. »An was?«

»Na, an Russell.« Ungeduldig tippte er mit dem Finger auf den Ortsnamen. »An das Ehepaar, das wir im Englischen Garten kennengelernt haben. Die kamen doch da her.«

Es dauerte eine kleine Weile, bis die Erinnerung zurückkehrte, erst als vager Schatten, dann bekamen die Gesichter Kontur, Stimmen gesellten sich hinzu. Jetzt fiel ihnen der ganze Abend wieder ein. Sie hatten die Fremden im Biergarten beobachtet, wie sie vergeblich einem Kellner klarzumachen versuchten, dass ihr Maßkrug nur zur Hälfte mit Bier gefüllt war und der Rest aus Schaum bestand, den sie nicht mochten. Sie wollten ein Bier ohne Schaum, randvoll. Dafür hatten sie bezahlt. Der Mann sprach nur gebrochen Deutsch und das Bayerisch des Kellners muss in seinen Ohren sehr fremd geklungen haben.

Lachend hatten Hubert und Liesel eingegriffen. Sie waren ins Gespräch mit den beiden gekommen, die sich als Elizabeth und Richard Robinson aus Neuseeland vorgestellt hatten. Sie waren den weiten Weg nach Europa gereist, weil Richard seiner neuseeländischen Frau das Land seiner Vorfahren zeigen wollte.

Die Kiwis, wie die Neuseeländer sich bezeichneten, hatten ein hübsches Weingut direkt am Meer und einen fünfjährigen Sohn namens Edward, der während ihrer Reise bei den Großeltern untergebracht war.

»Genau wie unserer!«, entfuhr es Liesel, denn auch sie hatten einen Jungen im gleichen Alter, Thomas, der den heutigen Tag bei ihren Eltern verbrachte.

»Edward ist noch so klein«, erzählte Elizabeth, »aber Richard setzt seine ganze Hoffnung in ihn; er soll eines Tages das Weingut übernehmen und weiterführen.«

»In der vierten Generation«, fügte Richard stolz hinzu. »Das will was heißen, Neuseeland ist ein junges Land. Leider zeigt der Junge wenig Interesse. Statt mit mir in den Weinberg zu gehen, wie ich es von klein auf mit meinem Vater getan habe, klimpert er in seiner Freizeit auf dem Piano herum, das meine Frau in einem Anflug von Bildungsdrang für horrendes Geld auf einer Auktion erstanden hat.«

»Edward ist sehr begabt«, sagte Elizabeth leise.

Liesel Wagner hätte ihr gerne beigestanden, Kinder mit musikalischem Talent sollten von klein auf gefördert werden. Aber sie schwieg, denn den Vater-Sohn-Konflikt kannte sie aus eigener Erfahrung. Auch Hubert hatte festgefügte Vorstellungen, was aus Thomas später einmal werden sollte. Seine Überzeugung war: Kinder brauchen Liebe, Führung und Druck. »Nur so entsteht aus Kohle ein Diamant«, war sein häufig gebrauchtes Lieblingszitat. Die antiautoritäre Erziehungsmethode war ihm ein Gräuel.

Die beiden Väter verstanden sich so gut, dass sie beim Abschied die Adressen austauschten. Richard und Elizabeth luden Hubert und Liesel ein, ihre Gäste zu sein, sollten sie jemals nach Russell im fernen Neuseeland kommen.

Das lag nun viele Jahre zurück. Hubert war in der Zwischenzeit im Vermessungsamt vom dritten in den vierten Stock befördert worden und in der Besoldungsgruppe A4 gelandet. Liesel schrieb wie immer als feste freie Mitarbeiterin für eine Regionalzeitung und füllte die Rubrik *Vermischtes.* Und aus dem kleinen Thomas war ein junger Mann mit bestandener Reifeprüfung geworden.

Das Stichwort *Neuseeland* in der Abiturzeitung hatte Erinnerungen in den Eltern geweckt und veranlasste Hubert, in alten Fotoalben zu blättern. Er fand, was er suchte. Unter einem verblassten Abbild beider Ehepaare auf dem Viktualienmarkt stand die Anschrift, die er einst selbst notiert hatte.

Noch 12 Tage.

Tom war den ganzen Tag zwischen den Inseln in der Bay of Islands gekreuzt. Er wollte Sicherheit gewinnen, sich das Boot, das Edward gehört hatte, zu eigen machen, die Technik, die Geräte überprüfen, um sich danach vom Festland lösen zu können. Würde es ihm dort draußen auf dem offenen Meer gelingen, das Erlebte der vergangenen Monate zu verarbeiten, seine Ängste in den Griff zu bekommen? Würde er hier endlich einen Weg zu sich selbst finden? Er widmete sich den vielen kleinen Aufgaben, die erforderlich waren, um das Boot fit zu machen. Er war ein leidlicher Segler, ohne je einen Segelschein gemacht zu haben.

Vor einem Jahr hatte er sich am Chiemsee zu einem Segelkurs angemeldet. Als Erstes war er gefragt worden, ob er beim Optiker gewesen sei, um seine Sehschärfe registrieren zu lassen. Danach sollte er einen Erste-Hilfe-Kursus beim Roten Kreuz belegen. Nach erfolgreichem Abschluss könne er sich wieder melden, war ihm empfohlen worden. Sein Einwand, dass er mit 150 Stundenkilometern unfallfrei über die Autobahn bis hierher gekommen war, hatte niemanden interessiert. Er verzichtete dankend, die Bürokratie hatte ihm die Freude am Segeln genommen.

In Neuseeland brauchte er keinen Segelschein. Learning by Doing, erklärte man ihm. Segeln lernt man, indem man segelt. Das war neu für ihn, und seine Frage im Bootsclub, ob die Versicherung auch zahlen würde, falls er ohne bestandene Abschlussprüfung kenterte, rief ein nachsichtiges Lächeln hervor. Diese Deutschen!

So hatte er schon bald nach seiner Ankunft beschlossen, den Pazifik ohne Segelschein zu erobern. Der Bootsclub stellte ihm ein kleines Segelboot zur Verfügung, das an einer Boje in der Bucht hing. Er hatte keine Ahnung, wie die wunderbar geknüpften farbigen Leinen hießen, die durch Ringe und Klemmen liefen oder an Haken und Ösen befestigt waren. Wie sollte er sich in diesem Spinnennetz je zurechtfinden?

Er war nahe daran gewesen aufzugeben. Doch er war sich sicher, dass Richard ihn vom Ufer aus beobachtete, und so hatte er herumprobiert, hatte an allen Strippen gezogen oder ihnen nachgegeben, hatte sie so lange verwirrt und wieder entwirrt, bis er genau wusste, was jede einzelne von ihnen bewirkte.

Im Laufe der Monate hatte das Segeln sein Selbstbewusstsein gestärkt. An Bord machte ihm niemand Vorschriften oder erteilte Ratschläge, wann er welche Entscheidung treffen musste. Wenn ihm Fehler unterliefen, wenn er überhastet oder zu spät agierte, brauchte er sich vor niemandem zu rechtfertigen. Es war das Boot, das ihm stumm, aber unmissverständlich mitteilte, wie Wind, Welle und Strömung zu erobern waren.

Das Boot hatte viel Geduld mit ihm, und er war ein gelehriger Schüler. Nur die kniffligen Seemannsknoten begriff er nie, obwohl sie ihm etliche Male vorgeführt und erklärt worden waren. Doch über Nacht lösten sie sich in seinem Kopf immer wieder auf, und so vertraute er weiterhin den zwei Knoten aus seinem Leben an Land: dem doppelten Hausfrauenknoten und der Schuhschleife.

Als er nach einiger Zeit bei der wöchentlichen Regatta des Bootclubs einen vorderen Platz belegte, brachte ihm das nicht nur ein anerkennendes Schulterklopfen und ein Freibier ein, sondern auch ein neues Selbstwertgefühl.

Kurz vor Eintritt der Dunkelheit warf Tom den Anker. Er wählte eine kleine, menschenleere, dem Meer zugewandte Bucht, obwohl die andere Seite der Insel besseren Ankergrund geboten hätte. Aber er wollte vermeiden, dass Elizabeth oder Richard ihn vom Festland mit dem Fernglas verfolgten. Er wollte unbeobachtet sein. Zufrieden hockte er vorn auf dem Bugspriet und schaute nachdenklich zu, wie die Sonne im Meer versank. Erst als die Finsternis Land, Himmel und Wasser zu einer Einheit verschmolz, ging er unter Deck, öffnete eine Dose Spaghetti und machte sie auf dem Gaskocher warm.

Gesättigt verkroch er sich schließlich in die Koje, Edwards Koje. Er war todmüde nach dem langen Tag in der frischen Luft, aber Edward ließ ihm auch jetzt keine Ruhe. Tom wollte ihn mit aller Macht aus seinem Bewusstsein verdrängen, zwang sich, nicht an ihn zu denken, versuchte sich mit anderen Dingen abzulenken. Doch immer wieder stand Edward vor ihm und starrte ihn wortlos an.

Dabei hatten sie sich nicht gekannt, sie hatten sich nie getroffen, nie ein Wort miteinander gewechselt. Sie hatten nichts voneinander gewusst – bis zu dem Tag, an dem Edward Thomas seine Vergangenheit hinterließ.

Viele Wochen und Monate hatte Tom versucht, Edward zu ersetzen, Edward zu sein. Er hatte sich bemüht, den Robinsons das zu geben, was Edward ihnen nicht mehr geben konnte. Anfangs war er zuversichtlich gewesen, dass ihm das gelingen könnte. Es wäre nur eine Frage der Zeit, bis er herausbekäme, wer genau Edward gewesen war und was Elizabeth und Richard von ihm erwarteten. Aber schon bald hatte er erkannt, dass das unmöglich war. Trotzdem hatte er sich weiter bemüht. Wenn er nicht Edward *sein* konnte, vielleicht konnte er Edward *spielen*?

Er packte seinen Schlafsack und kletterte über die kleine Leiter zurück an Deck. Hier oben konnte er wieder freier atmen. Auf dem Rücken liegend, schaute er in das Sternenmeer und verlor sich in der Endlosigkeit.

An Schlaf war dennoch nicht zu denken. Da war das Gluckern der Wellen an der Außenbordwand, das Knarzen und Ächzen der Holzplanken, das Schlagen einer losen Leine am Mast, das leise Singen des Windes in der Takelage. Es waren die fremden Geräusche, die ihn wachhielten. Tom war die Stimmen des Festlands gewohnt, er war in einem Betonmeer aufgewachsen. Sein ganzes Leben hatte er umgeben von festem Mauerwerk verbracht. Wenn es regnete, schloss man Türen und Fenster, und wenn es stürmte, verriegelte man die Fensterläden. Das Haus bot Schutz und gewährte Sicherheit. Dieses Boot dagegen, diese schwimmende Insel, die wie ein Korken auf den Wellen tanzte und sich ständig nach dem Wind drehte, verunsicherte ihn. Wie sollte er Mut schöpfen, wie sich entspannen auf diesem wackeligen Schiffsdeck?

Das Meer sei gefährlich, lebensgefährlich, hatte man ihm immer wieder eingebläut: Achte auf Riffe, auf Treibgut! Baumstämme! Fracht- und Kreuzfahrtschiffe! Auf über Bord gegangene Container, das sind eiserne Eisberge! Und auf einen schlafenden Wal aufzulaufen, kann dein Ende sein. Und Junge, halt dich bloß vom Ufer fern!

Je mehr Gefahren ihm in den Sinn kamen, desto besorgter wurde er. Andererseits beruhigte ihn der Gedanke an die Tatsache, dass – zumindest statistisch gesehen – Autofahren riskanter war als ein Segeltörn. Aber Autos hatten Bremsen und Airbags, und man war angegurtet. Und wenn man einen Unfall hatte, kam das Rote Kreuz. Auf dieser Arche Noah war er allein.

Wenn sein Boot unterginge, würde er mit ihm in der bodenlosen dunklen See, im Nichts versinken.

Im Bootsclub in der nahen Matauwhi Bay hatten die Freunde von zahlreichen Schiffen erzählt, die jedes Jahr mit Mann und Maus spurlos auf den Weltmeeren verschwanden. Er hatte diesen Geschichten fasziniert zugehört, solange er festen Boden unter den Füßen hatte. Hier draußen auf dem Pazifik bekamen sie eine andere Dimension, ängstigten und verfolgten ihn bis in die Träume. Sie währten immer nur kurze Zeit, bis ihn ein unbekanntes Geräusch schreckte.

Warum hatte er nur solche Angst? Misstraute er dem Boot? Weil es Edward gehört hatte? Oder galt die Angst überhaupt nicht dem Boot, sondern ganz allgemein seiner Sorge, die Probleme, vor denen er geflüchtet war, nicht in den Griff zu bekommen? Hatte ihm sein bisheriges Leben nur eine Scheinsicherheit vorgegaukelt? Musste er erst nach Neuseeland reisen, um sich von Schule und Elternhaus zu befreien? Bis jetzt war er immer brav geradeaus durchs Leben getrottet. Hatte sich der Weg gegabelt, war er der breiteren Hauptstraße gefolgt. Aber das Meer hatte keine Wegweiser. Es gab kein Links und kein Rechts. Kein Baum, kein Berg würde ihm Richtung oder Orientierung bieten. Er war gezwungen, einen eigenen Kurs zu suchen und einzuschlagen.

Vielleicht sollte er Edwards Boot erst noch besser kennenlernen. Im Club hatten sie behauptet, jedes Boot wolle von seinem Skipper erobert werden wie eine spröde, schöne Frau. Vermutlich war das auch der Grund, warum alle Seeleute von ihrem Schiff in weiblicher Form sprachen. *She is a beauty*, sagten sie und schwärmten davon, wie viele schöne Stunden sie ihnen geschenkt habe. Wie gutmütig sie sei bei Wind und Wetter auf hoher See und wie treu all die Jahre. Dafür habe man sie gehegt und gepflegt. Jede habe ihren eigenen Charakter, eine eigene Ausstrahlung. Und eigene Macken, aber mit denen müsse man eben leben. Wenn man darum wisse und sie anständig behandele, schenke sie einem ihr Vertrauen und nehme einem die Angst.

Morgen werde ich mit ihr reden, dachte Tom, und sie bitten, mich sicher hinaus auf das offene Meer zu tragen.

Über fünf Monate waren vergangen, seit Thomas am Flughafen in Auckland gelandet war. Er war froh, nach 28 Flugstunden die Enge, die schlechte Luft und die ungewohnte Nähe völlig fremder Menschen überstanden zu haben, die ungefragt aus ihrem Berufs- und Privatleben plauderten, den Kopf im Schlaf auf seine Schulter legten und bei den zahlreichen Mahlzeiten mit ihren Ellbogen um Bewegungsfreiheit kämpften.

Mit steifen, wackeligen Schritten verließ er die Kabine – die mit den Essensresten, leeren Flaschen, zerlesenen Zeitungen und zerknitterten Decken aussah wie die Festwiese nach der Loveparade – und schob sich durch die Menge bis zur Passkontrolle. Ein freundlicher Beamter mit irischem Dialekt musterte das Foto in seinem Pass, verglich es mit seinem Gesicht und prüfte die Angaben auf dem Einreiseformular. Mit einem Stempel besiegelte er schließlich die dreimonatige Aufenthaltserlaubnis: »*Welcome!*« Er folgte den Hinweisen zum Gepäck-Laufband, auf dem bereits die Spürhunde vom Zoll herumturnten. Eine ständig wiederholte Lautsprecherdurchsage forderte die Reisenden auf, alle mitgebrachten Lebensmittel zu deklarieren oder in einem großen Abfallbehälter zu entsorgen. Neuseeland war ein Agrarland, das es sich nicht leisten konnte, die einheimische Landwirtschaft durch eingeschleppte Keime, Schädlinge oder Insekten zu gefährden. Die Hunde, meist Beagles, trippelten um die Gepäckstücke herum, um Verbotenes zu erschnuppern. Einer von ihnen blieb wie eingefroren neben Thomas' Sitznachbarn stehen und wurde mit einem Keks belohnt. Der Reisende wurde gebeten, seine Tasche für den Zollbeamten zu öffnen, und als ein übriggebliebener Apfel vom Mittagessen zum Vorschein kam, zog das eine deftige Geldstrafe nach sich. Thomas erhielt eine erste Lektion in Sachen Umweltschutz: Seine Sportschuhe wurden auf Erdreste inspiziert, und da er noch kurz vor seiner Abreise eine Runde Tennis gespielt hatte, bekam er kostenlosen Unterricht im Schuhputzen.

Es dauerte eine kleine Ewigkeit, bis er alle Hürden gemeistert, alle Formalitäten erfüllt, alle Schlangen durchgestanden hatte und in die touristische Freiheit entlassen worden war. Ihm war kalt, und als er zum ersten Mal in den neuseeländischen Himmel schaute, nieselte es, genau wie beim Abflug in München. So buchte er einen Platz im Bus nach Süden, irgendwohin, wo es warm ist, dachte er. Er wollte sich treiben lassen, die Ereignisse auf sich zukommen lassen. Er hatte sich keine großen Gedanken gemacht, keine Vorbereitungen getroffen, keine Pläne geschmiedet, keine Reiserouten ausgearbeitet, wie er es von seinen Eltern gewohnt war.

Sein Vater hatte immer schon Wochen vor Ferienbeginn genau gewusst, wo er mit Frau und Sohn günstig übernachten konnte. Bitte, kein Zimmer zur Straße und das Doppelbett mit zwei Einzelmatratzen. Und natürlich mit Halbpension, denn abends im Dunkeln ein Lokal suchen zu müssen, wäre unzumutbar in der Fremde. Wenn sich schließlich alles zu seiner Zufriedenheit gestaltet hatte, fuhr er im nächsten Jahr mit der Familie wieder an den gleichen Ort, ins gleiche Hotel, aber dann wurde das Nebenzimmer reserviert, das einen größeren Schrank für die Koffer hatte und den runden Ecktisch im Speisesaal mit freier Sicht auf die Berge.

Thomas hatte diese Reisen widerspruchslos mitgemacht. Er war Einzelkind und beneidete die Mitschüler, die ältere Geschwister hatten, hinter denen sie sich verstecken konnten. Der Älteste bekam meist die größte Aufmerksamkeit, sein erster Zahn, seine erste Haarlocke wurden für die Nachwelt gesammelt und aufgehoben, seine ersten Worte staunend notiert und weitererzählt. Die nachfolgenden Geschwister bekamen nicht weniger Liebe, doch die Anzahl ihrer Fotos in allen Lebenslagen nahm ab, und ihre Buntstiftbilder überlebten nur noch kurzzeitig im Wechselrahmen. Die elterlichen Prägungs- und Erziehungsversuche waren gelassener, gelöster, sei es aus Erfahrung oder als Selbstschutz. Diese Tatsache schuf ungeahnte, wunderbare Freiräume für die Jüngeren.

Davon konnte Thomas nur träumen. Bei ihm hatten stets die Eltern und die Lehrer den Alltag bestimmt, und er war ihnen gefolgt. Er tat, was sie taten, und wenn er wissen wollte, warum, antworteten sie: »So ist das Leben.«

Von seinen Freunden wurde er gelegentlich verspottet, wenn er aufbrach, während die Party noch in vollem Schwung war, um pünktlich zu Hause zu sein. »Kann die Mama nicht einschlafen, wenn der Kleine noch unterwegs ist?« Sie lachten und verrieten ihm, wie sie das Problem lösten. »Kommst du zehn Minuten zu spät, gibt es Ärger. Rückst du aber Stunden später an, nehmen sie dich in den Arm und sind froh, dass dir nichts passiert ist.« Doch zu so viel Raffinesse fehlte ihm der Mut.

Noch 11 Tage.

Tom erwachte, weil ihm kalt war. Das Boot triefte vor Nässe. Der Morgentau hatte das Deck mit einem hauchdünnen Wasserfilm überzogen und ihm einen wundervollen Glanz verliehen.

Tom reckte sich, machte ein paar Dehnübungen, schälte sich aus seinem Schlafsack und tapste barfuß hinunter in die Kajüte. Hastig und laut schlürfte er einen heißen Tee und freute sich, dass ihn dafür kein vorwurfsvoller Blick von Elizabeth strafte. Er schob eine trockene Scheibe Brot hinterher.

Zufrieden streifte er dann die dicken Lederhandschuhe über und begann, langsam die eiserne Ankerkette einzuholen. Gleichmäßig, Zug um Zug, verschwand sie rasselnd unter Deck. Plötzlich sperrte sie sich. So kräftig er auch zog und zerrte, sie rührte sich nicht. Der Anker hatte sich irgendwo im steinigen Untergrund verfangen und saß fest. Tom fluchte. Er startete den Dieselmotor, gab Vollgas und versuchte, den eingeklemmten Anker mit Gewalt loszureißen. Erst im Vorwärtsgang, dann volle Fahrt zurück. Die Schiffsschraube ließ das graugrüne Wasser weiß aufbrodeln. Die Dieselschwaden verpesteten die klare Morgenbrise, erschwerten das Atmen. Doch so sehr er sich mühte, das Boot kam nicht frei.

»Scheiße«, brüllte er und stellte den Motor ab, um Diesel zu sparen und um sich in Ruhe eine Lösung auszudenken. Der Tiefenmesser zeigte 18 Meter an. Das war zu tief, um hinabzutauchen und das Problem vor Ort zu inspizieren.

Ein Segelboot glitt vorbei. Er tat, als bemerke er es nicht, um damit den Seemannsgruß und die mögliche Nachfrage, ob alles in Ordnung sei, zu vermeiden. Er wollte, nein, er *musste* diese Angelegenheit alleine lösen. Wenn es zum Äußersten kam, konnte er immer noch Radio Russell über Kanal 16 anrufen und um Hilfe bitten. Aber noch ließ er diesen Gedanken nicht zu. Einen Steinwurf weit von zu Hause, am Anfang seiner Reise und schon gescheitert? Unerträglich! Am nächsten Tag wäre bereits der ganze Ort informiert.

»Schon zurück, Tom?«, hörte er sie fragen, obwohl sie längst wussten, was passiert war. Elizabeth würde ihn mit Kuchen und Worten zu trösten versuchen.

»Wer weiß, wofür es gut war, mein Junge? Iss noch ein Stück, oder schmeckt es dir nicht?« Richard würde ihn bitten, bei der Reparatur der Zisterne behilflich zu sein, allein schaffe er es nicht. Das würde mindestens drei Tage in Anspruch nehmen, und bis dahin wäre das Wetter wahrscheinlich umgeschlagen. Nein, zurück durfte er nicht, auf keinen Fall.

Er beruhigte sich mit dem Gedanken, dass er Zeit hatte, viel Zeit. Mindestens zwei Wochen. Es gab keinen Grund zur Panik. Bisher hatten sich die Probleme in seinem Leben immer von selbst gelöst. Immer – bis der Schatten von Edward aufgetaucht war.

Er wartete geduldig, aber vergebens. Als die Sonne im Zenit stand, knurrte sein Magen und erinnerte ihn daran, dass er sich um das Mittagessen kümmern musste. Er schnappte sich das große, orangefarbene Netz, in dem Elizabeth auf den Zitrusfarmen im nahen Kerikeri Apfelsinen einkaufte, zog seine Badehose an, sprang über Bord und schwamm an Land.

Die Ebbe hatte große Felsen aus dem Meer wachsen lassen, die dicht an dicht mit handtellergroßen Miesmuscheln bewachsen waren. Es wurde eine vortreffliche, ausgedehnte Mahlzeit, und als er die leeren Muschelhälften zurück ins Meer schüttete, waren die Felsen in der Flut schon fast wieder verschwunden. Ihm kam eine Idee: Vielleicht konnte er die Flut nutzen? Vielleicht konnte sie ihm helfen, den Anker aus der Verkeilung zu reißen, denn die Gezeiten ließen den Meeresspiegel in der Bay um mehr als zwei Meter ansteigen oder fallen. Er musste es versuchen. Er sprang ins Vorschiff, ergriff die Ankerkette und spannte sie so straff wie möglich.

Der Bug des Bootes hob und senkte sich ächzend wie unter einer schweren Last. Immer, wenn er in ein Wellental abtauchte und die Zugkräfte nachließen, klirrte die eiserne Kette. Beim Auftauchen riss er wie ein gefangenes Tier an seinen eisernen Fesseln. Tom lauschte ängstlich dem Geräusch. Es erinnerte ihn an die Stallkühe in Deutschland, deren Köpfe zwischen Stahlstangen steckten, die ihnen nur eine kurze vertikale Bewegungsmöglichkeit ließen. Dieser Anblick war für ihn immer der Inbegriff der Gefangenschaft gewesen. Und jetzt hatte er sein Boot, das ihn aufs Meer tragen und ihm die Freiheit bringen sollte, eigenhändig an die Kette gelegt.

Das sich aufbäumende, gefesselte Boot wurde ihm unerträglich. Er sprang nach unten, riss den Werkzeugkasten auf, holte den Bolzenschneider hervor und durchtrennte kurzerhand die Kette, die in der Tiefe versank.

Endlich frei! Es war wie eine Erlösung. Jubelnd setzte Tom die Segel. Über den Verlust des Ankers machte er sich keine Gedanken. Da, wo er hinfuhr, auf das offene Meer, würde er ihn nicht brauchen.

Knatternd kämpfte sich der Bus durch die Vorstädte Aucklands, weiter zu den endlosen grünen Hügeln, vorbei an grasenden Schafen, Rindern und weiß getünchten Holzhäusern mit grauen oder roten Wellblechdächern.

Nur hin und wieder wischte Thomas mit dem Ärmel seiner Regenjacke die beschlagene Fensterscheibe frei, um die vorbeihuschende Landschaft zu betrachten. Abgesehen von den Palmen und Farnbäumen hatte sie Ähnlichkeit mit seiner süddeutschen Heimat. Warum war er eigentlich so weit gereist, wenn es wie zu Hause aussah? Aber das Land war ja groß, die farbigen Prospekte hatten viele wechselnde An- und Aussichten versprochen.

Schade, dass Katharina nicht bei ihm war. Er hatte sich nicht getraut, sie zu fragen, ob sie mitfahren wollte aus Angst, einen Korb zu bekommen. Und das, obwohl er mit ihr geschlafen hatte. Er war mit ihr, nein, sie war mit ihm ins Bett gestiegen, noch am Abend nach dem Abiturball.

Beschwipst hatte sie ihn in den Fahrstuhl des Hotels geschoben, in dem die Feier stattfand, hatte schamlose Zärtlichkeiten in sein Ohr geraunt und ihn leidenschaftlich geküsst. Plötzlich hatte sie ihren Rock hochgezogen, das Höschen abgestreift, die Beine stürmisch um seinen Leib geschlungen und sich berauscht an ihm gerieben.

»Nicht hier«, hatte er verlegen gestottert, »wenn jemand kommt …«

Sie hatte gekichert und war mit ihm hinauf in den vierten Stock gefahren. Woher hatte sie plötzlich den Zimmerschlüssel? Wortlos hatte sie ihn in ein Hotelzimmer geschoben und ihm die Kleider vom Leib gerissen. Sein schönes, nagelneues Smokinghemd war dabei vor die Hunde gegangen, was seine Mutter zum Glück am Tag darauf für einen Waschmaschinen-Fehler hielt.

Nackt hatte Katharina sich rittlings auf ihn gestürzt und war losgaloppiert. Sobald die Pferde mit ihm durchzugehen drohten, war sie in Trab zurückgefallen, hatte ihn gelehrt, die Zeit zu dehnen, auszukosten, zu genießen oder aber zu leiden, wenn sich ihre roten Fingernägel in sein Fleisch krallten. Es war ein unvergesslicher, berauschender Ritt gewesen, bis sie beide erschöpft und atemlos in den Schlaf gefallen waren.

Als er am nächsten Morgen im Bett von Zimmer 426 erwachte, war Katharina fort.

Thomas war verwirrt. Er versuchte immer wieder, sie anzurufen, wollte sich mit ihr treffen. Doch sie ließ sich verleugnen. Er lauerte stundenlang vor ihrem Haus, und als sie endlich herauskam, lief er auf sie zu und hielt ihr sein Flugticket nach Neuseeland vor die Augen.

»Wenn du willst, zerreiß ich es.«

»Lass den Quatsch. Fahr!«

Die Erinnerung an die gemeinsame Nacht trieb Thomas die Hitze in den Körper, machte seine engen Jeans noch enger. Er saß jetzt in einem klapprigen Bus mit blinden Scheiben und versuchte vergebens, das Fenster zu öffnen. Allein fuhr er durch ein fremdes Land, dessen Sprache er schwer verstand. Sein Schulenglisch hatte eine andere Klangfarbe gehabt. Er kannte nur den gedehnten, leicht näselnden Oxford-Akzent von Oberstudienrat Langmeier, der mit der Wirklichkeit, mit dem hiesigen Mischmasch aus irischem, australischem, schottischem, südafrikanischem, amerikanischem Dialekt, wenig zu tun hatte.

»Mach dir nichts draus«, tröstete ihn ein sommersprossiger Kiwi, der außer *Oktoberfest* kein einziges Wort einer fremden Sprache kannte, »mein Deutsch ist nur halb so gut wie dein Englisch.«

Es dauerte nicht lange, da suchte er die Nähe der zahlreichen Rucksacktouristen aus der Heimat. Von ihnen erfuhr er, wo man am preiswertesten übernachtete, wo das Bungee-Springen am prickelndsten war, wo Maori-Tänze zum halben Preis aufgeführt wurden, wo man mit Walen und Delfinen schwimmen konnte, wo es deutsches Graubrot gab, wann man am günstigsten nach Übersee telefonierte und wo der Bär tanzte.

Die Tage und Wochen verflogen, und sein Tagebuch füllte sich mit Adressen, Eindrücken und Geschichten, die die Backpacker abends bei einer Dose Bier zum Besten gaben.

Eine Gruppe Italiener berichtete, dass sie sich beim Trekking verlaufen hatten. Vier Tage lang waren sie durch den Busch geirrt, bevor sie halb verhungert und ausgekühlt gerettet worden waren. Ein Schotte hatte in einem Bach eine zehn Pfund schwere Forelle mit seinem Schweizer Taschenmesser aufgespießt. Und eine Norwegerin hatte ein ausgebranntes Flugzeugwrack mit den verkohlten Leichen der Besatzung im Busch entdeckt.

Die unglaublichste Geschichte erzählte ein verkrachter Jurastudent aus Hannover, der sein Studium abgebrochen hatte, um die Welt zu erobern. Er hatte ein altes Auto kaufen wollen, um das Land zu bereisen. Das sei angeblich preiswerter, als mit dem Bus zu fahren. Der Trick bestand darin, dass man dasselbe Auto nach drei Monaten für den gleichen Preis weiterverkaufen konnte, wenn man es geschickt anstellte. In einer Zeitung wurde er fündig. Jemand offerierte einen Wagen für unglaubliche fünfzig Neuseeland-Dollar. Der Student ging zu der angegebenen Adresse, eine alte Dame öffnete ihm ihre Garage und deutete auf einen fast neuen Mercedes-Sportwagen. Verdutzt und skeptisch schaute er sie an.

»Gefällt er Ihnen nicht?«

»Schon, schon, aber ich wollte ihn nicht leihen, sondern kaufen. Ich habe nur fünfzig Dollar.«

»Das reicht«, antwortete sie schmunzelnd. Sie übergab ihm Autoschlüssel und Wagenpapiere, und als er immer noch zögerte, fügte sie erklärend hinzu: »Der Wagen gehörte meinem Mann, der letzte Woche verstarb. In seinem Testament bat er mich, das gute Stück zu verkaufen und den Erlös an seine junge Geliebte zu überweisen. Gute Fahrt.«

Thomas saß meist stumm in der abendlichen Runde und lauschte den Erlebnissen der anderen. Er beneidete die Glückspilze, die etwas zu erzählen hatten. Ihm war bis jetzt nichts Außerordentliches widerfahren. Trotzdem genoss er seine Reise. Neuseeland erschien ihm wie der Garten Eden, alles war friedlich und paradiesisch, bis auf das Wetter. Das hätte er lieber ein paar

Grad wärmer gehabt, und auf den vielen Regen hätte er gern verzichtet. Im Fenster eines Reisebüros wurde er auf ein Foto aufmerksam, das mit goldenem Sandstrand unter azurblauem Firmament warb: *Winterloser Norden*. Natürlich! Neuseeland befand sich auf der Südhalbkugel der Erde, die Welt stand auf dem Kopf, und die Sonne sorgte im Norden für Wärme.

Also auf in den Norden.

Beim Prüfen seiner Reisekasse stellte Thomas allerdings fest, dass sie sich schneller geleert hatte als geplant. Er kramte einen leicht zerknitterten Brief aus den Untiefen seines Rucksacks hervor, den ihm seine Eltern für das Ehepaar aus Russell mitgegeben hatten, deren Bekanntschaft sie vor vielen Jahren in München gemacht hatten.

»Es sind sehr freundliche Leute. Wenn du in ihre Gegend kommst, ganz im Norden des Landes, geh hin und grüß sie von uns. Bestimmt laden sie dich ein.«

»Sie kennen mich doch gar nicht. Da kann ja jeder kommen«, hatte Thomas abgewehrt, weil ihm die Vorstellung, bei fremden Leuten anzuklopfen, peinlich war. Was sollte er sagen? Worüber sollte er sich mit ihnen unterhalten?

»Ich denke, du willst was erleben«, hatte sein Vater mit ironischem Unterton gemeint, und seine Mutter hatte hinzugefügt: »Wir haben ein Foto von uns beigelegt. Das werden sie wiedererkennen und sich erinnern. Übrigens, sie haben einen Sohn in deinem Alter.«

Thomas stellte sich an den Straßenrand und deutete mit dem Daumen Richtung Norden. Er hatte Glück. Kurze Zeit später bremste ein staubiger Pick-up neben ihm. Er hievte seinen sperrigen Rucksack auf die Vorderbank und quetschte sich neben den Fahrer, aber der bärtige Hüne deutete auf die offene Ladefläche.

»Wirf ihn zu den Hunden.«

Es wurde eine wilde, holprige Fahrt. Hin und wieder schaute Thomas durch das Heckfenster, um sich zu vergewissern, dass sein Rucksack noch da war. Der Farmer lachte.

»Keine Angst. Wenn er runterfällt, machen die Hunde Radau. Hab ich ihnen beigebracht. Die sind smart.«

Er erzählte stolz, dass die Vierbeiner Hütehunde waren, keine reinrassigen, überzüchteten Edelexemplare, sondern clevere und gelehrige Bastarde. Sie waren unzertrennlich. Der eine trieb die Schafherde zusammen, der andere kümmerte sich um die Ausbrecher, die er hypnotisierte. Er stellte sie, starrte ihnen gezielt in die Augen, und schon rührten sie sich nicht mehr vom Fleck.

Thomas war überzeugt, dass das ein Märchen war, aber der Farmer streckte ihm seine rechte Pranke entgegen. »Um ein Pint Bier?«

Während er kurz überlegte, ob er auf die Wette eingehen sollte, huschte ein katzengroßes, pelziges Tier mit Glubschaugen über die Straße. Der Farmer riss das Steuer herum und hielt genau darauf zu. Als es einen leichten dumpfen Knall gab, schaute er in den Rückspiegel und nickte zufrieden.

»Ein Possum weniger!«

Thomas sog geschockt die Luft ein.

»Nur ein totes Possum ist ein gutes Possum«, sagte der Farmer. »Sechzig Millionen gibt es von diesen Mistviechern, genau so viele wie Schafe. Sie sind die reinste Pest. Zehn von ihnen fressen so viel wie eine Kuh, aber immer nur das Beste vom Besten. Sie lieben die Knospen von den Obstbäumen und dem Pohutukawa, unserem Weihnachtsbaum, zerstören unsere Wälder und ganze Küstenlandschaften. Sogar Vogelnester räumen sie aus.«

Er hatte sich in Rage geredet und schaffte es auf der weiteren Fahrt, noch sieben weitere Tiere plattzumachen. Thomas atmete erleichtert auf, als sich ihre Wege an einer Kreuzung trennten.

»Gute Reise«, wünschte der Farmer zum Abschied. »Mein Vater hat die Deutschen noch bombardiert, jetzt seid ihr unsere Gäste. So ändern sich die Zeiten.«

Eine ältere, rosa gepuderte Lady nahm Thomas in ihrem klapprigen englischen Morris mit. Geduldig versuchte sie ihm die Kunst des Rasen-Bowlings nahezubringen. Sie erklärte die Regeln, den Effet, die Taktik, die Geschwindigkeit, mit der die Kugel geworfen werden muss, und vor allem die Etikette. »Wir sind alle weiß gewandet«, zwitscherte sie stolz lächelnd in ihrem altmodischen Dialekt, »in jungfräulichem Weiß.« Früher hatte sie Golf gespielt, aber dabei wurde ihr zu viel geflucht und zu häufig gemogelt. »Besuchen Sie uns, wenn Sie in der Gegend sind«, lud sie Thomas ein. »In unserem Clubhaus wird der beste Devonshire Tea der Insel serviert.«

Kurz darauf hielt der Wagen eines Staubsaugervertreters, der an diesem Tag nur noch einen einzigen Kundenbesuch mit einer Demonstration seiner Produkte zu machen hatte. Thomas sagte zu und erklärte sich bereit, daran teilzunehmen. Auf einer abseits gelegenen Farm begann der Verkäufer, Mehl, Sand und Kieselsteinchen auf dem neuen Teppich des Farmhauses zu verstreuen mit dem heiligen Versprechen, dass sein Super-Inhaler schnell und mühelos, abrakadabra, alles wieder aufsaugen würde. Zwei Stunden später verließen sie erschöpft den Ort, sie hatten den Teppich per Hand säubern müssen, denn die Farm war an kein Stromnetz angeschlossen.

Danach landete Thomas in einem 40-Tonnen-Milchtruck, dessen Fahrer eine Laktose-Allergie hatte und nur Bier trank, das er aus Kostengründen selbst braute. »Es geht nichts über ein süffiges *homebrew*«, schwärmte er und bediente sich während der Fahrt aus einer Kühlbox. Nach der dritten Flasche bedankte sich Thomas und stieg bei der nächsten roten Ampel aus. Die Nacht verbrachte er in einer preiswerten *Backpacker Lodge*. Eine Weile hörte er noch das Lachen und Erzählen der anderen Rucksacktouristen auf der Terrasse, aber er war zu müde nach der langen Fahrt, um daran teilzunehmen, und schlief traumlos bis zum Morgen.

Bei Sonnenaufgang war er bereits wieder auf den Beinen. Er wanderte mit seinem schweren Rucksack einige Kilometer die Straße entlang, bis mit quietschenden Reifen ein zerbeultes Auto mit Heckspoiler hielt. An der Rückscheibe klebte ein großes L, *learner*. Erleichtert und dankbar quetschte er sich zwischen vier wild aussehende, tätowierte Maori, die von der Jagd heimkehrten und im Kofferraum ein erlegtes Wild transportierten. Der 16-jährige Typ am Steuer schien beweisen zu wollen, dass Rennfahrer der einzige Beruf war, der für ihn in Frage kam, falls er jemals die theoretische Prüfung für den Führerschein schaffen sollte. Thomas war froh, als sie ihn kurz vor Mittag in Paihia, einem kleinen Touristendorf am Meer in der Bay of Islands, absetzten und auf den Ort an der gegenüberliegenden Seite der Bucht wiesen.

Auf dem Steg herrschte reger Betrieb, ein riesiger Hammerhai hing an einem Galgen, wurde gewogen und unter dem Beifall von zahlreichen Schaulustigen fotografiert. Boote aller Art dümpelten im Wasser, Ausflugsdampfer, Fischerboote, Jetboats, Segel- und Motoryachten. An einem muschelbesetzten, dicken Poller zerrte eine kleine altmodische Holzfähre mit der Aufschrift *Russell.* Sie schien auf ihn gewartet zu haben.

Zögernd stieg er über ein wackliges Treppchen an Bord. Noch immer hatte er ein zwiespältiges Gefühl, die fremden Leute, Richard und Elizabeth Robinson, aufzusuchen, ohne sich wenigstens vorher angekündigt zu haben. Aber er hatte nur ihre Adresse, keine Telefonnummer. Außerdem war er gespannt, was ihn in Russell erwarten würde. Allen Kiwis, denen er sein Ziel genannt hatte, hatten verzückt die Augenbrauen gehoben und waren in Lobeshymnen über diesen kleinen Ort ausgebrochen. Russell, das war für sie gleichbedeutend mit unvergesslichen Bade-Sommer-Sonnen-Strandferien am Pazifik. Die Deutschen, die es kannten, verglichen es mit dem frühen Sylt, bevor der Jetset und Tante Emma es entdeckt hatten, und die Amerikaner erinnerte es an Martha's Vineyard, den edlen Ferienwohnsitz der Reichen und Schönen. Die Werbeprospekte priesen es als erste Hauptstadt Neuseelands mit dem ältesten Hotel, dem ältesten Friedhof, der ältesten Kirche, der ältesten Polizeistation und der ältesten Alkohol-Schanklizenz. Hier war Captain Cook 1769 als erster Europäer an Land gegangen. Hundert Jahre später waren die Walfänger gekommen und hatten es in *Das Höllenloch des Pazifik* verwandelt, in dem der Handel mit Tran, Schnaps und mit der Liebe gedieh. So überlieferte es Charles Darwin, der ebenfalls in dieser Bucht geankert hatte. Heute nannte es sich *Romantic Russell* und war landesweit ein beliebter Geheimtipp.

Zwanzig Minuten brauchte die Fähre für die Überfahrt. Thomas war der einzige Passagier an Bord. Obwohl es mitten im Winter war, hatte die Bay of Islands für ihn ein Sommerkleid angelegt. Die Sonne streichelte seine nackten Arme und malte blaue Schatten auf die weißen Fassaden der einstöckigen Holzhäuser, die er erst beim Näherkommen hinter einer dichten Reihe von Pohutukawa-Bäumen entdeckte. Ein Bild des Friedens. Eine Idylle. So hübsch hatte er es sich nicht vorgestellt. Als Fotomotiv erschien es ihm fast kitschig, und so ließ er die Kamera im Rucksack. Es erinnerte ihn an die Sonnenuntergänge, die sein Vater im Urlaub fotografierte und die man zu Hause im Familienkreis wieder und wieder bewundern musste. Als Thomas einmal gewagt hatte, eins der Motive als kitschig zu bezeichnen, hatte sein Vater ihm entgegengehalten, dass es das in der Natur nicht gebe, und weil er eine Kritik niemals unbegründet ließ, hatte er hinzugefügt: »Wer will überhaupt bestimmen, was Kitsch ist? Vor nicht allzu langer Zeit wurde der Jugendstil aus diesem Grund verdammt und belächelt, die Lampen, Vasen, Glasfenster, alles, alles kam auf die Müllkippe, und heute schmücken sich die Museen mit diesen Objekten.« Thomas schmunzelte bei dem Gedanken, vielleicht hatte der Vater ja Recht.

Vorsichtig, als hätte er Angst, den Frieden zu stören, stieg er von Bord. Ein barfüßiger Mann in kurzen Hosen lehnte an einem Geländer und nickte ihm freundlich zu: »Hi!«

Unbeholfen grüßte er zurück und dachte: Komisch, der kennt mich doch gar nicht. Ihm war seltsam zumute. Kaum hatte er den Fuß auf diesen fremden Boden gesetzt, hatte er das Gefühl, als wäre er schon einmal hier gewesen. Als sei er am Ziel seiner Reise angekommen. War es die milde Sonne? Waren es die europäisch anmutenden Häuser? Der Duft des Meeres, die Kraft der Farben, das alles überstrahlende Licht oder das Geräusch der Wellen, die den Kies am Strand verschoben?

Noch 10 Tage.

Langsam entfernte Tom sich vom Festland. Noch lange behielt er den schmalen Uferstreifen in der Ferne im Blick, der ihm Halt und Sicherheit gab. Doch irgendwann versank die Küste hinter dem Horizont, und der Ozean wurde allgegenwärtig. Er spürte seinen Atem, nahm alle Geräusche wahr, die der Wind ihm zutrug. Ein leichter Nebelschleier legte sich auf das Wasser und nahm die Fernsicht, war nichts als formloses Weiß. Er holte Vor- und Großsegel ein. Sofort verwandelte sich der langsame stetige Tanzrhythmus der pazifischen

Dünung, die das Boot harmonisch gehoben und gesenkt hatte, in wehrloses Rollen und Wanken, das sich ohne Ankündigung auf seine Nerven übertrug. Alarmiert beobachtete er die ferne Wolkenbildung, ließ den Wind- und Tiefenmesser nicht mehr aus den Augen, und als die Bilgepumpe für wenige Sekunden ansprang, um eingedrungenes Seewasser über Bord zu pumpen, begann er zu schwitzen. Er sprang unter Deck, überprüfte die Toilettenventile, sah nach, ob der Frischwassertank ausgelaufen war, und hob die Bodenbretter hoch, ob Wasser im Rumpf stand. Alles war in bester Ordnung. Zum wiederholten Mal überzeugte er sich, dass die Schwimmweste und die kleine Rettungsinsel an Ort und Stelle lagen. Dann stellte er das Radio an, um den letzten Wetterbericht abzuhören. Die ihm bekannte Sprecherstimme meldete keine besonderen Vorkommnisse, keine Sturmwarnung. Also war es falscher Alarm gewesen, und seine Nerven beruhigten sich wieder.

Er hockte sich ins Cockpit, umfasste die angewinkelten Knie mit beiden Armen, legte sein Kinn darauf und beobachtete die Tölpel beim Fischfang. Es war eine bunte Gesellschaft, diese Kunstflieger mit gelber Badehaube und lila Füßen, die sich dort ins Meer stürzte. Immer und immer wieder, stundenlang.

Aus etwa achtzig Metern Höhe sichteten sie einen Fischschwarm im Wasser. Schlagartig ging einer nach dem anderen vom Schwebeflug in den Sturzflug, presste kurz vor dem Aufschlag auf die Wasseroberfläche die Flügel an den Leib und tauchte mit ungeheurem Tempo in die Tiefe, packte ein Opfer und ließ es noch unter Wasser im Schnabel verschwinden, um nicht teilen zu müssen. Kurz darauf schwamm er wieder hoch an die Wasseroberfläche, schüttelte sich kurz, damit der Fisch durch den Schlund in den Magen rutschte und startete mit kräftigem Flügelschlag und strampelnden Beinen erneut gegen den Wind, bis er genug Höhe gewann für den nächsten Sturzflug.

Tom bewunderte ihre vollendete Meisterschaft, sie waren die reinsten Kamikaze-Piloten. Eine einzige falsche Bewegung beim Durchbrechen der Wasseroberfläche, die bei dieser Geschwindigkeit hart wie Beton war, und sie würden sich das Genick brechen. Er wüsste gern, ob sie beim Tauchen die Augen offen ließen oder zukniffen, wie er es tat, weil das Salzwasser wie Feuer brannte.

Als die Dämmerung einbrach, flogen die Tölpel davon.

Er dachte an Sara und fühlte sich einsam.

Als Thomas über den langen Holzsteg zum ersten Mal *Russell* betrat, empfing ihn gähnende Leere. Der kleine Ort lag im Winterschlaf, war wie ausgestorben. Das Strandcafé hatte die Stühle hochgestellt, der Supermarkt, in dem er sich ein Sandwich kaufen wollte, war geschlossen. *Gone fishing* stand auf einem Stück Pappe, das an der Tür baumelte. Zwei einsame Autos parkten dicht nebeneinander an einer Tanksäule, ein paar Enten bettelten schnatternd um Aufmerksamkeit, ein Austernfischer versuchte mit seinem feuerroten spitzen Schnabel eine Muschel zu knacken.

Suchend schaute Thomas sich um. Da war niemand, den er nach dem Weg fragen konnte. Er schlenderte ziellos am Strand entlang, bis er eine kleine Hinweistafel entdeckte: *Wineyard Mokopuna 2 km.*

Am Eingang zum Weingut begrüßten ihn auf weißen Torpfosten zwei große hölzerne Maori-Skulpturen mit herausgestreckter Zunge. Ihre Gesichter waren ochsenblutrot angemalt und furchteinflößend tätowiert, die weit aufgerissenen Augen aus Schildpatt starrten ihn maskenhaft an. *Visitors welcome* stand auf einem Schild, aber zu Thomas' Enttäuschung war das Tor abgeschlossen. Es gab keine Klingel. Er zögerte kurz, wollte umkehren, doch dann dachte er: Wer fremde Gäste am Eingang willkommen heißt, der wird sie nicht rausschmeißen. Kurz entschlossen warf er seinen Rucksack über den Zaun und kletterte hinterher.

Er folgte einer schmalen Sandstraße, die von dichten Teebüschen gesäumt war. In den Fahrrinnen stand noch das Regenwasser der vergangenen Nacht. Hin und wieder blieb er stehen, horchte auf Motorengeräusche oder Stimmen, aber alles blieb still. Nur der Wind in den Zweigen sang sein Lied.

Nachdem er eine Weile kräftig ausgeschritten war, kamen ihm Zweifel, ob er überhaupt auf dem richtigen Weg war. Vielleicht lebten die Bekannten seiner Eltern überhaupt nicht mehr. Schließlich waren viele Jahre vergangen, seitdem sie sich getroffen hatten. Vielleicht waren sie weggezogen, hatten das Weingut verkauft? Überall im Lande hatte er die Schilder *For Sale* gesehen, vor Häusern, Restaurants, Geschäften, Büros. Ganz Neuseeland schien zu kaufen und zu verkaufen zu sein. Einmal hatte er sich laut darüber gewundert und war umgehend aufgeklärt worden: Wer ein richtiger Kiwi ist, der tritt durchschnittlich alle drei Jahre einen neuen Job an und zieht um. Und als er ein anderes Mal vor einem Schaufenster die Angebote auf dem Immobilienmarkt studiert hatte, riet ihm der Makler: »Sollte dir unterwegs auf deiner Reise ein Haus gefallen und du möchtest es kaufen, dann klopf einfach an und sag es dem Besitzer. Ist der Preis akzeptabel, stehen deine Chancen gut, dass er nächste Woche auszieht und dir den Schlüssel für Haus und Hof mit dem gesamten Inventar aushändigt, Betten, Geschirr, Besteck, TV inklusive, und mit ein bisschen Glück ist das Boot, das auf einem Anhänger neben der Garage steht, auch noch im Preis inbegriffen. Selbst wenn er überhaupt nicht die Absicht gehabt hatte, zu verkaufen.«

Hinter einer Bergkuppe endete plötzlich der Busch.

und vor Thomas lag der zum Meer leicht abfallende riesige Weinberg. In endlosen Geraden reihten sich die winterlichen, blattlosen Rebstöcke aneinander, schnurgerade, viele hundert Meter lang, jeder einzelne am nächsten ausgerichtet wie Soldaten beim großen Aufmarsch oder bei einer Schauparade. Am Anfang jeder Reihe wuchs ein Rosenbusch, der den militärischen Eindruck milderte. Zwischen den einzelnen Pflanzen luden breite, gemähte Rasenwege zum Spaziergang ein. Das ganze Anwesen war gepflegt wie ein barocker Park, in dem jedes Gewächs gestutzt, geschnitten, gebogen, zu einer Form gezwungen wird und sich dem Willen des Gärtners unterwirft.

Thomas schlenderte durch die Rebstockreihen. Um ihn herum war es totenstill, auch hier im Weinberg war weit und breit keine Menschenseele zu entdecken. Arbeitete hier niemand? Es war doch ein Wochentag. Oder gönnte man den Reben Winterruhe? Er kannte sich in dem Metier nicht aus. Zu Hause gab es nur an Sonn- und Feiertagen ein Glas Wein. Sein Vater hatte die Flaschen im Keller weggeschlossen. Kurz vor dem Essen holte er persönlich einen guten Tropfen, wie er es nannte, herauf, und dann begann ein Ritual. Voller Bewunderung begutachtete er das staubige Etikett, verkündete den Jahrgang und entkorkte die Flasche, liebevoll, behutsam, voller Hingabe, damit er nach eigener Aussage den Wein nicht erschrecke. Dann nahm er den Korken zwischen Daumen und Zeigefinger, schnüffelte daran, und wenn der Duft seiner Erwartung entsprach, verdrehte er die Augen und seufzte: »Wunderbar. Was für eine Entfaltung!«

Die Mutter holte Omas Kristallkelche aus der eichenen Anrichte. Sie polierte die Gläser, bis man sich darin spiegeln konnte, obwohl sie bereits seit dem vorigen Sonntag für den nächsten Auftritt bereitstanden. Feierlich wurden sie gefüllt. Alle drei Wagners umfassten vorsichtig den Stiel ihrer Gläser und stießen mit dem bauchigen Teil an – es musste klingen! Mit spitzen Lippen nahm jeder einen Schluck, verteilte ihn leicht kauend im Mund, schluckte ihn mit Bedacht hinunter und beurteilte ihn, das heißt lobte ihn.

Thomas hasste dieses Ritual und machte es nur mit, um den geheiligten Sonntagsfrieden zu wahren, um seinem Vater eine Freude zu bereiten oder ihm ein Zugeständnis zu entlocken. Es gefiel dem alten Herrn, nach dem Antrinken das Glas gegen das Licht zu halten, den Inhalt mit Kennermiene zu begutachten und zu schwärmen: »Was für eine Couleur!« Nach dem Dessert und einem kleinen Weinbrand, bevor der Vater sein Mittagsschläfchen auf dem Canapé hielt, war der günstigste Zeitpunkt gekommen, ihn um Kinogeld zu bitten oder eine mittelmäßige Klassenarbeit unterschreiben zu lassen. Auch die Mutter nutzte gelegentlich diesen seligen, satten Zustand ihres Mannes, um ihm das Einverständnis zu einer Anschaffung zu entlocken, an das er sich später kaum noch erinnerte.

Hinter einer Baumgruppe entdeckte Thomas ein silberfarbenes Dach. Beim Näherkommen stellte es sich als Holzdach heraus, dessen Schindeln von Sonne, Regen, Wind und Meersalz ausgeblichen waren. Es hatte eine wunderbare Leichtigkeit, schwebte über dem schneeweißen Holzhaus und spendete Schatten. Ein breiter Kiesweg führte zum Hauseingang, der von zwei gewaltigen Phönixpalmen eingerahmt war. Alle Fenster waren geschlossen, die Vorhänge zugezogen. Warum? Daheim war man nicht müde geworden, ihn vor der Sonne und dem Ozonloch in der südlichen Hemisphäre zu warnen, selbst im Winter. Oder war das Haus unbewohnt? Thomas überlegte, ob er den Rückweg antreten sollte. Den Brief der Eltern könnte er mit der Post schicken und den Beweis, dass er wirklich hier gewesen war, würde er durch ein Foto belegen, das er jetzt gleich schießen könnte. Doch das Anwesen zog ihn in seinen Bann, hatte eine seltsame Anziehungskraft. Er war neugierig geworden.

Er läutete die Messingglocke über der Tür und wartete gespannt. Nichts rührte sich. Auch der zweite Versuch blieb erfolglos. In der Gewissheit, niemanden zu stören, holte er sein Stativ aus dem Rucksack, schraubte seine Kamera darauf, betätigte den Selbstauslöser und lehnte sich lässig an den Stamm der Palme. So ein Haus in Deutschland, dachte er, das wärs! Aber das war natürlich ein Traum. So etwas war unbezahlbar, es sei denn, er gewänne den Jackpot im Lotto, hätte Glück an der Börse oder die Eltern besäßen eine Privatbank. Sein Vater war Beamter. Was muss es für ein erhabenes Gefühl sein, stundenlang über seine eigenen Ländereien zu gehen, ohne ein Nachbarhaus zu sehen, dachte er. Im Geschichtsunterricht in der Schule hatten sie immer gegrinst, wenn der alte Steinhuber aus seiner Kindheit in Ostpreußen erzählte. Im Spätsommer war er dort auf seinem Trakehner über die weiten, abgeernteten Felder zur Schule geritten, und im Winter war er denselben Weg durch Eis und Schnee auf Skiern gelaufen. Um sich vor einem Angriff der Wildschweine zu schützen, die verzweifelt nach Nahrung suchten, hatte er immer trockenes Brot dabeigehabt. *Und das alles auf eigenem Grund und Boden*, pflegte der Lehrer hinzuzufügen, eine Redewendung, die bei den Schülern zu einem geflügelten Wort wurde.

Merkwürdig, dass er ausgerechnet jetzt an den alten ostpreußischen Pauker denken musste. Hier in der Bay of Islands gab es zwar keinen Schnee im Winter, aber die Größe des Weinguts rechtfertigte einen Vergleich. Bis wohin mochten sich die Reihen der Rebstöcke ziehen? Bis zum Meer?

Er beschloss, so wie die beiden Helden seiner Jugend, Tom Sawyer und Huckleberry Finn, die Gegend auszukundschaften. Er störte ja niemanden, alle waren ausgeflogen, das wusste er jetzt, und wenn sie zurückkehrten, würde er längst wieder fort sein. Der Weg zum Strand schien endlos, und als er zu guter Letzt dort ankam, entdeckte er, dass auch die nächste Bucht noch zum Weingut gehörte. Ein Ende war nicht abzusehen. Es war schier unglaublich!

Er war müde vom Laufen und wollte sich für den Rückweg stärken. Ein Apfel, Käse und ein Stück trockenes Brot waren alles, was er noch dabeihatte. Die kleine Mahlzeit machte ihn schläfrig. Er legte seinen Anorak als Kopfkissen in den warmen Sand, streckte unter der schmeichelnden Wintersonne die Beine aus und schloss die Augen. Fünf Minuten Kraft tanken für den Rückweg. Er hatte ja Zeit, niemand wartete auf ihn.

Er entdeckte eine Gestalt im Meer, die auf das Ufer zukraulte, genau in seine Richtung. Sie stieg aus dem Wasser und rief seinen Namen. Die Stimme kam Thomas bekannt vor, aber die schräg stehende, untergehende Sonne blendete ihn. Er kniff die Augen zusammen und jubelte: Katharina! Wortlos, den Blick ihm zugewandt, streifte sie ihren Badeanzug ab, holte eine Flasche Wein aus ihrem Rucksack und goss sich den Inhalt über den Kopf. »Meine Methode, das Salzwasser abzuspülen«, lächelte sie, »und gut für die Haut.« Er wollte protestieren, stotterte etwas von Luxus, von Verschwendung. Sie machte nur eine weitausholende Armbewegung über die Weinberge. »Du hast doch jetzt genug von dem Zeugs.« – »Das gehört mir nicht«, wollte er widersprechen, »ich bin nur zu Besuch hier.« Doch er brachte kein Wort über die Lippen und ließ sie in ihrem Glauben. Katharina schmunzelte hintergründig. »Das war also der Grund, warum du unbedingt nach Neuseeland wolltest. Jetzt weiß ich es endlich!« Sie trocknete ihre Brust mit der bloßen Hand, schaute sich um und lachte: »Nicht schlecht hier. Ich glaub, ich bleibe.« – »Thomas! Thomas!«, hörte er seinen Vater aus der Ferne rufen. Katharina kicherte: »Du wirst gewünscht. Bis später.« Und lief zurück in die Brandung.

Er schreckte hoch. Die Dämmerung hatte bereits eingesetzt. Mist, so lange hatte er nicht schlafen wollen. Eilig packte er seine Sachen zusammen und rannte den Weg zurück.

Als er zum Gutshaus kam, brannte im oberen Stock Licht. Plötzlich verließ ihn der Mut. Sein erster Gedanke war, sich heimlich vorbeizuschleichen. Schließlich war er hier unaufgefordert eingedrungen, hatte die Abwesenheit der Bewohner genutzt, um über den Zaun zu klettern. In Deutschland nannte man das Hausfriedensbruch. Auf einmal ängstigte ihn der Gedanke, dass die Besitzer möglicherweise gar nicht mehr dieselben waren, die seine Eltern vor einer kleinen Ewigkeit in München kennengelernt und zu einem Besuch eingeladen hatten. Niemand würde ihm seine Geschichte glauben. Wahrscheinlich würden sie sogar die Polizei alarmieren.

Geduckt lief er zwischen den Rebstöcken den Hang hinauf, um nicht gesehen zu werden! Er hatte das Haus fest im Blick. Plötzlich ging das erleuchtete Fenster auf. Er blieb stehen. Leise Musik drang zu ihm. Mozart! Requiem. Das kannte er, das liebte er. Es war gar nicht so lange her, dass er es zum ersten Mal gehört hatte. Früher hatte er mit klassischer Musik nichts anfangen können, er hatte sich lieber am Schlagzeug in der Schülerband versucht. Bis ein Klassenkamerad ihn mit ins Kino geschleppt hatte, *Amadeus.* Er war begeistert von dem jungen Rebellen und berührt von der Musik gewesen. Er fand seine Kompositionen so eingängig, so schlicht, so schwerelos und doch von solch elementarer Kraft, dass er zu einem Mozartfan wurde und sein kleines Bücherregal mit Aufnahmen seiner Werke füllte.

Und nun versteckte er sich in einem fremden Weinberg auf der anderen Seite der Erde und hörte Mozarts Requiem.

Thomas lauschte gebannt. Er fasste wieder Mut und Vertrauen. Wer Mozart hörte, konnte einfach nicht unfreundlich, nicht abweisend sein. Er richtete sich auf und ging entschlossenen Schrittes auf das Haus zu, stapfte die drei Eingangsstufen hoch und läutete die Messingglocke. Die Musik brach ab. Eine leise Frauenstimme rief einen Namen, er hörte Trippelschritte. Die Tür wurde geöffnet, halb nur, zögerlich, als rechnete man mit einem unerwünschten Besucher. Vor Thomas stand ein Hausmädchen mit einer kleinen weißen Schürze und einem Tablett in der Hand. Er setzte sein freundlichstes Lächeln auf, um sich vorzustellen und hoffte die passende englische Anrede zu finden. Sie sah ihn an. Überrascht. Ungläubig. Fassungslos. Ihr Blick gefror. Langsam öffnete sie den Mund, als wolle sie etwas sagen, brachte aber kein einziges Wort über die Lippen. In ihrem Gesicht stand das blanke Entsetzen. Sie rang nach Luft und wich einen Schritt zurück. Ihre Hände krampften sich um das Silbertablett, das Teeservice geriet ins Rutschen. Thomas sprang auf sie zu, um ihr behilflich zu sein, es ihr abzunehmen. Mit einem spitzen Schrei wehrte sie ab, ließ es auf den Steinboden fallen und stürzte davon.

Noch 9 Tage.

In seinem bisherigen Leben hatte Thomas sich wenig Gedanken über Essen oder Ernährung gemacht. Zu Hause war er wie ein Kantinenbesucher zu den Mahlzeiten erschienen, pünktlich, darauf legte seine Mutter großen Wert. Von klein auf durfte er sich selbst bedienen, aber was einmal auf dem Teller lag, musste gegessen werden. So hatte sie es ihn gelehrt. Sie war ein Kriegskind, kannte den Hunger und konnte keine Brotrinde fortwerfen. Erst wenn der Teller leer war, durfte er aufstehen und gehen. Hatte es ihm geschmeckt, bedankte er sich routinemäßig, wenn nicht, wünschte er einen schönen Tag und verschwand für den Rest des Nachmittags in seinem Zimmer, wo er sich mit seinem Chamäleon unterhielt, genauer einem Panther-Chamäleon, das in einem großen Terrarium hockte und mit ihm das Zimmer teilte.

Zur Begrüßung fing Thomas eine Fliege für seinen Liebling und deponierte sie im Glaskasten. Brummend zog sie dort ihre Bahn, versuchte mit dem Kopf durch die Wand zu entfliehen. Der kleine Drachen beobachtete sie regungslos, wartete geduldig, bis sie erschöpft war und sich niederließ. Im selben Augenblick schoss seine lange Schleuderzunge wie ein gespanntes Gummiband hervor, das Opfer blieb daran kleben und wurde von ihm genüsslich verspeist. Jetzt ließ sich das Chamäleon von Thomas in die Hand nehmen und spazierte auf seinem Bauch herum, wo es die Farbe seines Pullovers annahm und ihn freundschaftlich anfauchte. Stundenlang konnten sich die beiden miteinander beschäftigen. Thomas beneidete seinen Freund um eine besondere Fähigkeit: Wenn er ihm von seinen kleinen Sorgen und Freuden erzählte, dann schien er ihn mit einem Auge aufmerksam anzusehen und gleichzeitig mit dem anderen nach weiteren Fliegen Ausschau zu halten. Das hätte er auch gerne gekonnt, er würde mit dem einen Auge fernsehen und mit dem anderen die Schulbücher studieren. Seine Eltern mochten das fremde Tier nicht und hatten vorgeschlagen, es gegen einen Hund, eine Katze oder einen Goldhamster einzutauschen, aber Thomas liebte seinen kleinen Exoten. Er hätte ihn gern hier an Bord des Segelbootes gehabt, ein paar verirrte Insekten gäbe es sicherlich. Er würde sie für ihn fangen, und sie würden gemeinsam zu Abend essen.

Er öffnete eine Büchse Gulasch und leerte sie in einen Topf. Der Umgang mit dem kleinen, wackeligen Gaskocher war gar nicht so einfach auf dem schlingernden Schiff. Es war ein Balanceakt und erforderte seine ganze Konzentration. Er hatte Elizabeth versichert, er werde schon nicht verhungern, so ein paar Nudel- und Reisgerichte könne doch wohl jeder kochen. Theoretisch stimmte das, aber ausprobiert hatte er es bisher noch nicht. Nach dem ersten angebrannten Versuch an Bord kannte er den Unterschied zwischen Theorie und Praxis. Der Hunger treibt es rein, hatte es früher geheißen, als es noch Schulspeisung gab, und Tom hoffte auf Besserung für das morgige Abendessen.

Auf dem Boot aß er direkt aus dem Kochtopf. Er wollte keinen gedeckten Tisch. Es erinnerte ihn zu sehr an die Tafel bei den Robinsons. Mary deckte den Tisch immer für vier Personen, vier Weingläser, vier Wassergläser, vier Teller, vier Bestecke und vier Servietten. Zuerst hatte er es für eine Marotte gehalten oder für eine neuseeländische Sitte, stets einen Platz für einen unvorhergesehenen Gast vorzubereiten, denn sie kochte auch für vier Personen. Bis ihm klar wurde, dass der vierte Platz für Edward reserviert war. Er saß mit am Tisch, lauschte ihrer Unterhaltung und verdarb ihm den Appetit.

Nach dem Abwasch kletterte Tom an Deck und prüfte gewissenhaft, ob noch alles in Ordnung war. Das Meer lag jetzt ruhig und glänzte so friedlich wie der Sternenhimmel. Er kniff die Augen zusammen und schaute aufmerksam in alle Richtungen. Waren irgendwo in der Dunkelheit die Lichter eines Frachters oder Kreuzfahrtschiffes auszumachen? Aus den Erzählungen der Weltumsegler wusste er, wie gefährlich die Begegnung mit so einem Ozeanriesen sein konnte. »Wenn du entfernt am Horizont ein Schiff sichtest, das auf dich zukommt, bleiben nur noch ganze zwanzig Minuten, bis es dich erreicht. Wirst du nicht rechtzeitig gesehen, macht es dich platt«, hatten sie ihn gewarnt. »Diese Pötte sind riesig, die Menschen an Bord würden es überhaupt nicht merken. Das ist, als ob ein LKW eine Schnecke überfährt.«

Tom entzündete die Positionslichter am Mast, um weithin gut sichtbar zu sein und legte sich mit Trainingsanzug und Schuhen bekleidet in die Koje. So war er für den Notfall jederzeit einsatzbereit.

Er starrte an die Decke und fand wieder keinen Schlaf. Das war nun schon die dritte unruhige Nacht an Bord. So lange war er noch nie im Leben allein gewesen. Immer hatte er Gesellschaft gehabt. Zu Hause waren es die Eltern, und wenn sie sich mal ein Wochenende Auszeit gönnten, hatte er einen Freund zu sich eingeladen, hatte mit anderen ferngesehen oder war ins Kino gegangen. Niemals hatte er die Rollläden in seinem Zimmer heruntergelassen, Stille irritierte ihn. Er brauchte Stimmen um sich herum, Straßengeräusche, das Zuschlagen von Autotüren, das Starten eines Motors, den Stundenschlag der Kirchturmuhr, Hundebellen, das Klappern von Absätzen.

Hier draußen auf dem Meer war alles anders. Innere Stimmen meldeten sich zu Wort, wurden laut und lauter und verdrängten die Stille. Er musste ihnen zuhören, ob er wollte oder nicht, selbst wenn er sich die Ohren zuhielt:

War es Zufall, dass er ausgerechnet in dem kleinen Russell gelandet war? Warum hatten seine Eltern damals die Robinsons kennengelernt – eigentlich passte es gar nicht zu ihnen, Fremde anzusprechen, noch dazu in einem Biergarten in München, den sie nur selten besuchten? Und welcher Teufel hatte ihm eingeflüstert, *Neuseeland* unter sein Foto in der Abiturzeitung zu schreiben? Er hätte doch ebenso gut Hinterposemuckel oder SoHo wählen können, dann säße er jetzt nicht hier auf diesem Boot im Pazifik und haderte mit sich und seiner Unentschlossenheit. Das Fernsehen war schuld, das damals zufällig die Dokumentation über diese Inseln gebracht und ihn neugierig gemacht hatte! Wäre er aber nicht erst im Lande herumgereist, sondern gleich in den warmen Norden Neuseelands gefahren, hätte er früher bei Richard und Elizabeth angeklopft. Dann wäre alles anders gekommen.

Gab es ein unentrinnbares Schicksal wie in den Dramen der griechischen Mythologie, die er gehasst hatte, weil sie in der Schule endlos durchgepaukt wurden? Ihm hatte Ödipus immer leid getan. Es war sein vorbestimmtes Schicksal gewesen, seinen Vater zu erschlagen und mit seiner Mutter ins Bett zu steigen, damit die Götter Recht behielten. Er hatte keine Wahl gehabt, genauso wenig wie Macbeth, der die Weissagung der Hexen zu erfüllen hatte, oder Judas, der vom Himmel auserkoren worden war, Christus zu verraten, damit Er die Menschheit erlösen konnte.

Vielleicht gab es die *Nornen* wirklich? Er kannte die drei Schicksalsfrauen mit Namen, seit er sie im Unterricht mit Nonnen verwechselt hatte und vor versammelter Klasse ausgelacht worden war: *Urd* stand für das Gewordene, *Vernandi* für das Seiende und *Skuld* für das Werdende – gestern, heute, morgen. Strickten die drei etwa auch an seinem kleinen Schicksal, oder kümmerten sie sich nur um die Großen der Geschichte? Vielleicht hatten sie noch viel mit ihm vor. Er wusste es nur nicht.

Manche Menschen wurden doch erst nach ihrem Tod berühmt. Mit den Gemälden von Vincent van Gogh schmückte sich heute die Welt. Anne Frank wurde unsterblich, weil sie Tagebuch geführt hatte.

Und kleine Leute wurden im Mausoleum des unbekannten Soldaten beerdigt.

Tom dachte an seinen ungläubigen Vater, dessen Wahlspruch lautete: *Lieber ein Bettler auf Erden als ein König im Schattenreich.*

Hier draußen allein auf dem Meer kam er auf die merkwürdigsten Ideen.

Er fixierte die Petroleumlampe an der Bordwand mit ihrem warmen Licht und bewunderte ihre Balance. Nichts konnte sie aus dem Gleichgewicht bringen, keine Schiffsbewegung, kein Wind, keine Welle. Jede räumliche Veränderung konterte sie mit einer kontrollierten Gegenbewegung. Und er stellte sich vor, dass er seine aus dem Gleichgewicht geratene Seele wie diese Lampe kardanisch aufhängen könnte. Egal, wie stürmisch ihm das Schicksal mitspielte, nichts würde ihn mehr umwerfen.

Thomas stand wie paralysiert im Türrahmen und wusste nicht, was er tun sollte. Er war sich keiner Schuld bewusst, hatte keine Ahnung, was er angerichtet haben könnte. Was hatte das Hausmädchen so erschreckt? Hatte sie geglaubt, er wolle sie überfallen? Einen kurzen Augenblick spielte er mit dem Gedanken, davonzulaufen. Aber warum sollte er? Er wollte ihr doch helfen.

Zögernd bückte er sich, sammelte die Scherben auf

und legte sie zurück auf das Tablett, da fiel plötzlich ein Schatten auf ihn. Erschrocken richtete er sich auf.

Vor ihm stand eine elegante, ganz in Schwarz gekleidete Dame mittleren Alters und schaute ihm wortlos zu. Er hob seinen Kopf, wandte ihr sein Gesicht zu. Sie erstarrte, wurde blass, begann zu zittern, wollte etwas sagen und brachte doch keine Silbe hervor. Wie in Trance tat sie einen Schritt auf ihn zu, ihre dunklen, tief liegenden Augen starrten ihn fassungslos an, ihre Lippen bebten. Langsam hob sie ihre Hand und strich so sanft über seine Wange, als berühre sie einen Schmetterling.

Thomas fühlte sich unbehaglich. Was sollte das? Was für Menschen lebten in diesem Haus? Er bereute, gekommen zu sein, aber jetzt konnte er nicht mehr zurück. Er holte tief Luft und kramte sein bestes Schulenglisch hervor.

»Entschuldigen Sie, dass ich so unangemeldet bei Ihnen anklopfe. Mein Name ist Thomas Wagner.«

Er streckte ihr die Hand entgegen.

»Oh! Sie haben sich geschnitten!«, flüsterte die Dame erschrocken. Der Anblick seines blutenden Fingers schien sie aus ihrer Erstarrung zu lösen, sie umwickelte ihn mit ihrem Taschentuch, doch das Blut sickerte durch.

»Das muss versorgt werden. Kommen Sie!«

Stumm nahm sie ihn beim Arm und führte ihn ins dunkle Haus.

Ihn fröstelte. Er fühlte sich wie in einer Gruft, es war, als hätte die Welt aufgehört zu atmen.

Wortlos ließ er die Verarztung mit Jod und Pflaster über sich ergehen. Als seine Wunde versorgt war, strich die Dame gedankenverloren über seine Hand und schenkte ihm ein fernes Lächeln.

»Entschuldigen Sie den unfreundlichen Empfang. Ich habe Sie verwechselt.«

Sie stellte sich als Elizabeth Robinson vor, und zum ersten Mal atmete Thomas erleichtert auf. Zumindest wusste er nun, dass er an der richtigen Adresse war. Er nannte seinen Namen, erklärte den Anlass seines Besuches, richtete die Grüße seiner Eltern aus und überreichte ihr den Brief. Stumm öffnete sie das Kuvert und betrachtete flüchtig das darin liegende Foto. Sie nickte. Sie erinnerte sich offenbar, aber sie schwieg weiterhin, und die beklemmende Stille blieb.

Thomas rückte unruhig auf seinem Stuhl hin und her. Er wusste nichts mehr zu sagen und suchte in seinem englischen Wortschatz nach der richtigen Redewendung, um sich zu verabschieden, als die Tür aufging und ein Mann eintrat.

»Ah, hier bist du«, sagte er sanft zu der Frau, als hätte er sie gesucht, und umfasste liebevoll ihre Schultern. »Wie geht es dir?«

Sie nickte fast unmerklich mit dem Kopf. »Richard, wir haben einen Gast. Das ist Thomas aus München. Bitte kümmere dich um ihn.«

Mühsam stand sie auf.

»Soll ich dich begleiten?«

Sie hob abwehrend die Hand und verließ das Zimmer. Ihr Mann schaute ihr besorgt nach. Als die Tür hinter ihr ins Schloss gefallen war, wandte er sich dem Besucher zu und blickte ihm ins Gesicht. Einen kurzen Augenblick schloss er fassungslos die Augen, dann atmete er tief durch.

»Thomas?«, fragte er mit Nachdruck, als müsse er sich vergewissern, dass er den Namen richtig verstanden hatte.

Thomas nickte. Er wiederholte seine Entschuldigung, so spät abends gekommen zu sein, ohne vorher angerufen zu haben. Er wolle nur kurz vorbeischauen, die Grüße seiner Eltern übermitteln und gehen. Für ein Glas Wein werde die Zeit doch reichen, meinte der Mann und ging in die Küche, wo er flüsternd eine Anordnung gab. Kurz darauf brachte die Hausangestellte, die vor Thomas davongelaufen war, eine Flasche Wein und zwei Gläser. Thomas beobachtete die junge Maori aus den Augenwinkeln und fand, dass sie sich eigenartig bewegte, seitlich, krebsartig, als wage sie nicht, ihn anzuschauen. Sobald sie das Tablett hart auf einem kleinen Couchtisch abgesetzt hatte, verließ sie fluchtartig den Raum.

Thomas war unbehaglich zumute. Er hätte viel darum gegeben, einfach aufzustehen und wegzugehen, aber das verbot ihm seine Erziehung. Also erzählte er noch einmal seine Geschichte und nahm sich vor, gleich danach zu verschwinden.

Richard hörte ihm zu, dennoch wirkte er gedanklich weit weg. Er starrte in sein Weinglas, nippte hin und wieder daran und sah Thomas gelegentlich prüfend an. Plötzlich erhob er sich und legte ihm entschlossen die Hand auf die Schulter.

»Tun Sie mir einen Gefallen, junger Mann. Bleiben Sie heute Nacht hier. Seien Sie unser Gast.«

Thomas hob abwehrend die Hand. In diesem Haus zu übernachten, war das Letzte, was er wollte, doch der bittende Unterton in Richards Aufforderung ließ ihm keine Wahl.

»Tun Sie es für meine Frau. Bitte!«

Als Richard Robinson auf Zehenspitzen sein Schlafzimmer betrat, hörte er leises Wimmern wie von einem neugeborenen, verlassenen Welpen. Er trat ans Fenster, um es zu schließen.

»Lass es offen.«

»Meine Liebe, du wirst dich erkälten.«

»Seine Seele … sie will fliegen.«

Er setzte sich zu ihr auf den Bettrand, ergriff sanft ihre Hände und hielt sie fest, streichelte sie. Sie ließ es wortlos geschehen, aber die Beherrschung, die sie den ganzen Tag mühsam aufrecht erhalten hatte, war dahin. Schluchzend fasste sie ihn bei den Schultern und schüttelte ihn.

»Warum?«, weinte sie verzweifelt, »warum?«

Richard nahm sie in den Arm, versuchte sie zu trösten und mühte sich vergebens, seine eigenen Tränen vor ihr zu verbergen.

»Das Schicksal hat es so gewollt.«

»Aber er war doch noch so jung! Er hatte sein Leben noch vor sich. Er hatte alle Möglichkeiten dieser Welt. Das Weingut und seine geliebte Musik. Es hätte ein erfülltes Leben sein können. Warum?«

»Ich kann es dir nicht erklären, Elizabeth. Ich weiß es nicht. Ich weiß es wirklich nicht.«

Wie zwei Ertrinkende klammerten sie sich aneinander und wiegten sich hilflos in ihrer Trauer, haderten mit dem Schicksal. Als sie sich endlich voneinander lösten, nicht wissend, wie viele Stunden vergangen waren, fragte Elizabeth leise: »Hast du im ersten Augenblick das Gleiche gedacht wie ich, als der Besucher aus Deutschland hereinkam?«

Richard hob zögernd die Schultern. »Möglicherweise.«

Er überlegte fieberhaft, was er sagen sollte. Dass er genauso erschrocken gewesen war wie sie? Dass er sich eingebildet hatte, einen Geist vor sich zu sehen? Dass er geglaubt hatte, Edward wäre zurückgekehrt? Auferstanden? Wiedergeboren? Solche Gedanken durfte er nicht zulassen. Nicht vor sich selbst und erst recht nicht vor Elizabeth. Sie würde es nicht ertragen.

»Glaubst du, Gott hat ihn uns geschickt?«

»Würdest du das wollen?«

»Wir hätten ihn zurück.«

»Elizabeth!« Er nahm sie noch einmal in den Arm und beschwor sie, als müsse er ihr das schreckliche Ereignis erst wieder in Erinnerung rufen: »Er ist nicht Edward, Elizabeth. Edward ist fort. Er wird immer in unseren Herzen sein, aber er wird nicht zu uns zurückkehren. Niemals. Begreifst du das?«

Sie nickte und vergrub ihr Gesicht im Kissen. »Aber er sieht aus wie Edward. Nicht wahr, Richard? Das findest du doch auch! Wie ein Zwilling.«

Als Thomas erwachte, wusste er zunächst nicht, wo er sich befand. Er hatte gut geschlafen und schaute auf den Ventilator, der sich unter der Holzdecke drehte. Er breitete die Arme aus und wunderte sich, wie viel Platz in diesem großen, weichen, weißen Bett war. Welch nette, kleine Liebeslaube, grinste er und dachte an Katharina. In ihrer einzigen gemeinsamen Nacht nach dem Abiturball hatten sie sich in dem Hotel ein schmales Einzelbett geteilt, aus dem sie ständig herauszufallen drohten. Bis der Fußboden sich als geeigneteres Lager erwiesen hatte.

Während er sich in dem geräumigen, mit antiken Möbeln ausstaffierten Zimmer umschaute, kam die Erinnerung an den gestrigen Abend zurück. Das Weingut, das großartige Anwesen, den merkwürdigen Empfang. Alles in diesem Haus schien perfekt, aber nichts stimmte. Die Menschen hatten sich so seltsam verhalten, verklemmt, schreckhaft. Was war nur los mit ihnen? Obwohl sie ihn gebeten hatten zu bleiben, strahlten sie keine Herzlichkeit aus. Er fühlte sich nicht willkommen. War damals in Deutschland bei ihrem Besuch etwas vorgefallen, was seine Eltern ihm verschwiegen hatten? Hatten sich die Ehepaare gestritten? Doch dann hätten seine Eltern ihm nicht diese Adresse empfohlen. Oder hatten die Robinsons sich gestritten, als er ungebeten hereinplatzte? Hatte Mrs Robinson nicht gerötete Augen gehabt, und hatte er nicht unterdrücktes Weinen hinter der Tür gehört, als Richard ihn zu seinem Zimmer begleitete?

Jemand klopfte an seine Tür, und das Hausmädchen rief: »In zehn Minuten ist das Frühstück fertig.«

Thomas sprang aus dem Bett, unter die Dusche, zog Jeans und T-Shirt an. Als er das Esszimmer betrat, erwartete ihn Richard. »Gut geschlafen?« – »Danke.« Sein Blick glitt über den Tisch, auf dem sich vier Gedecke befanden. Das vierte Gedeck war wohl für den Sohn des Hauses bestimmt, von dem seine Eltern ihm schon in München erzählt hatten. Er freute sich darauf, ihn kennenzulernen, angeblich waren sie gleichaltrig. Bisher war allerdings keine Spur von ihm zu sehen. »Elizabeth lässt sich entschuldigen, sie fühlt sich nicht wohl. Ich habe Mary beauftragt, ein anständiges Frühstück für dich herzurichten, Tom.«

Thomas nickte, ohne sich zu wundern, dass sein Gastgeber so schnell zu der vertraulichen Anrede übergegangen war. Das war wohl üblich in Neuseeland, das hatte er schon einige Male zuvor erfahren. Gestern Abend war er ohne Essen ins Bett gegangen. Niemand war auf die Idee gekommen, ihn zu fragen, ob er Hunger hatte, und er hatte sich nicht getraut, etwas zu sagen. Gierig sog er den köstlichen Duft von gebratenem Speck ein, der aus der Küche drang. Auf seiner bisherigen Reise war er beim Essen äußerst sparsam gewesen, hatte sich von Brot und Käse ernährt und sich gelegentlich Fish 'n' Chips oder einen Hamburger geleistet. Jetzt hatte er Heißhunger, und als die üppigen Speisen sich vor ihm auftürmten, die man in allen englischsprachigen Ländern zum Frühstück schätzt, griff er ungeniert zu Spiegeleiern, Würstchen, Porridge, Baked Beans, Peanut Butter, Nutella, selbst Vegemite konnte ihn nicht schrecken, das er beim ersten Kosten auf der Südinsel noch für einen geschmolzenen Brühwürfel gehalten hatte. Dazu Tee und frisch gepressten Orangensaft, eine ganze Karaffe nur für ihn.

Erst als er den größten Hunger gestillt hatte, wurde ihm bewusst, dass Richard nichts von alledem angerührt hatte, sondern nur still an seinem Kaffee nippte und ihn beobachtete.

»Wirst du seekrank?«, fragte er.

»Ich? Äh, nein, wieso, ich glaube nicht. Das heißt, ich weiß es nicht.«

»Du weißt es nicht?«

»Nein, ich war noch nie auf dem Meer.«

»Noch nie? Dann wird es aber höchste Zeit, dass du es kennenlernst. Ich gehe Fischen. Du kommst doch mit?«

Da half keine Ausrede, kein Vorwand, keine Notlüge. »Beim Fischen kommt man auf andere Gedanken«, murmelte Richard.

Thomas hatte das Gefühl, als wolle Richard nicht ihm, sondern sich selbst einen Gefallen tun.

Es war ein rasender Ritt über das Meer. Immer, wenn das Boot den Wellenkamm erreichte, drosselte Richard den Außenbordmotor. Dann hob es ab, schwebte einen Herzschlag lang durch die Luft, landete mit einem dumpfen Knall auf dem Wasser, und schon gab Richard wieder Vollgas. Thomas stand aufrecht neben ihm. Er klammerte sich mit beiden Händen an einer Querstange fest und hielt den Mund leicht geöffnet aus Angst, sich die Zähne auszuschlagen, wenn das Boot knochenhart aufsetzte. Er versuchte, den Aufprall wie beim Skifahren mit gebeugtem Knie abzufedern. Richard schien diese Höllenfahrt gewohnt zu sein, er stand mit versteinertem Gesicht unbeweglich hinter dem Steuerrad und sah stur geradeaus. Plötzlich nahm er das Gas zurück und zeigte auf einen erleuchteten Monitor: »Da. Das sieht gut aus.«

Thomas hatte keine Ahnung, was der Bildschirm zu bedeuten hatte.

»Das ist ein *fishfinder.* Die dunkle Wolke zeigt an, dass hier die Sardinen sind, die wir brauchen.«

Er zog eine von vier Angeln aus der Halterung, reichte sie Thomas und erklärte ihm die Handhabung. Dann drehte er ihm den Rücken zu und warf eine zweite Angel auf der Lee-Seite des Bootes aus. Unmittelbar darauf holte er die Leine wieder ein, und schon hingen drei handgroße Sardinen am Haken, die er behutsam abnahm und in einen Meerwassertank im Heckboden warf. Kurz hintereinander gelang ihm das gleiche Manöver wieder, während Thomas nicht einen einzigen Fisch fing.

»Ich glaube, ich brauche Köder.«

Richard schüttelte den Kopf: »Brauchst du nicht. Wenn du die Leine schnell genug ablässt, dann haben die Fische keine Zeit zum Überlegen, ob unter der kleinen bunten Feder ein Haken versteckt sein könnte. Dann beißen sie auch ohne Köder an.«

Thomas versuchte, seinem Rat zu folgen, ließ die Angelschnur frei laufen, und tatsächlich, jetzt gelang es auch ihm. Er fing allerdings nie mehr als zwei Sardinen gleichzeitig, während Richard es auf vier brachte.

Schon nach einer Viertelstunde war der Tank voll. Thomas versuchte seine Enttäuschung zu verbergen, dass alles so schnell gegangen war. Er wäre gern länger hier draußen auf dem Wasser geblieben, aber Richard drängte, verstaute beide Angeln und warf den Motor an. Er fuhr jedoch nicht zurück ans Ufer, sondern weiter hinaus aufs offene Meer.

Richard beobachtete Thomas von der Seite und bemerkte die Freude in seinen Augen. Die Begeisterung des Jungen wirkte so ansteckend, dass er seinen Kummer kurzfristig vergaß.

»Mal sehen, ob wir einen Thunfisch oder einen Kingfisch an den Haken kriegen, einen Kingi«, sagte er und schob den Gashebel vor auf Vollgas.

Irgendwo mitten im Ozean hielten sie an. Er holte zwei schwere Angeln unter Deck hervor, für jeden eine. Dann schnappte er aus dem Wasserbecken eine Sardine, durchbohrte ihre Rückenflossen mit dem Angelhaken und warf sie über Bord. Zappelnd zog sie nach unten.

»Geh auf hundert Fuß Tiefe.«

Thomas ließ seine Leine laufen und erhoffte einen ähnlich schnellen Erfolg wie beim Köderfischen, doch da hatte er sich geirrt. Nach einer halben Stunde geduldigen Lauerns, in der sich nichts rührte, holte er die Leine ein und musste feststellen, dass die Sardine zur Hälfte abgefressen war. »Da hätte ich ja lange warten können.«

Es kostete ihn Überwindung, für den nächsten Versuch selbst einen Köderfisch aus dem Bassin zu holen und ihm einen Haken durch das Rückenfleisch zu jagen, aber er spürte, er wurde beobachtet und wollte sich keine Blöße geben.

Er war nun auf längeres Nichtstun gefasst und hatte Zeit, die Schönheit des Meeres zu bewundern, dieses Wechselspiel der Farben und Formen von Wellen, Licht und Wolken.

Das Meer erinnerte ihn an das Kaleidoskop, das er als Kind zum Geburtstag von seinen Großeltern geschenkt bekommen hatte. Es lag im fernen Deutschland unter seinem Bett, und immer wenn ihm langweilig gewesen war, hatte er es hervorgekramt, langsam um die eigene Achse gedreht und sich an den ewig neuen Farbspielen erfreut, die die Glassplitter erzeugten.

Hier draußen auf dem leicht schlingernden Boot hatte Thomas das Gefühl, dass es das Meer war, das jetzt mit ihm spielte, und er der Farbtupfer eines göttlichen Kaleidoskops war.

Auf einmal machte es ihm nichts mehr aus, neben dem fremden Mann zu sitzen und zu schweigen. Er genoss die Stille und lauschte dem Wind. Das war neu für ihn und Unterhaltung genug. So wohl hatte er sich bisher nur in der Einsamkeit der bayerischen Berge gefühlt.

Gerade, als er fragen wollte, ob Richard manchmal auch mit seinem Sohn zum Fischen ging, raste die Leine mit einem schrillen Pfeifton ab, die Angel wurde ihm fast aus der Hand gerissen. Er versuchte sie zwischen sich und der Brüstung einzuklemmen und stemmte sich mit dem Unterkörper gegen die Bordwand, um eine bessere Hebelwirkung zu erreichen. Richard legte ihm blitzschnell einen Ledergürtel mit Köcher um, in den er den Angelfuß einstecken konnte, während Thomas hektisch versuchte, die Leine einzuholen.

»Langsam«, rief Richard. »Langsam, lass dir Zeit. Mach ihn müde.«

Die Angelrute bog sich zu einem großen U, und noch immer raste die Leine von der Spule.

»Sie wird reißen«, schrie Thomas aufgeregt.

»Keine Angst, lass sie laufen. Bleib ruhig. Du schaffst das.«

Es war ein harter Kampf. Ein Kampf zwischen Mensch und Fisch, bei dem beiden die Stärke und Größe des Gegenübers unbekannt war. Alles, was sie verband, war eine dünne, fast unsichtbare Nylonschnur. Der Raubfisch, der gewohnt war zu jagen, nicht gejagt zu werden, spürte die Todesnähe, tobte, zerrte und bäumte sich auf.

Nach einiger Zeit, in der beide Kraft schöpften, gewann das Duell an Finesse. Sie begannen sich zu belauern, versuchten zu antizipieren, was der Gegner vorhatte. Für beide galt es, die Kräfte einzuteilen und eine Taktik zu entwickeln. Legte der Fisch eine Kampfpause ein, spulte Thomas, so schnell er konnte, die Leine auf und verkürzte den Abstand zwischen sich und der Beute; und war Thomas für den Bruchteil einer Sekunde nicht aufmerksam, dann holte sich der Fisch die verlorenen Meter zurück. Wieder und immer wieder.

In einer letzten verzweifelten Kraftanstrengung versuchte der Fisch abzutauchen, die rettenden Felsen in der Tiefe zu erreichen. Die messerscharfen Korallen dort würden die Nylonleine zerschneiden. Er wäre frei. Thomas' Herz jagte.

»Du musst bremsen!«, befahl Richard, der die Ruhe selbst zu sein schien und offenbar zuversichtlich war, dass die Leine die starke Belastung aushalten würde.

Sie hielt. Dreißig Minuten dauerte der Kampf, dann gelang es Thomas, den Fisch heranzuholen, und Richard konnte ihn im klaren Wasser identifizieren.

»Ein Kingi«, stellte er zufrieden fest und half, ihn Zentimeter für Zentimeter bis dicht neben das Boot zu ziehen. Er lehnte sich über die Reling, packte den Fisch und hob ihn ins Boot.

»Gratuliere, Tom, der hat mindestens seine zwanzig Pfund.«

Thomas war sprachlos. Zum einen freute er sich, diesen großartigen Fang gemacht zu haben. Aber er wunderte sich, dass der Fisch sich nach dem heißen Kampf plötzlich überhaupt nicht mehr rührte, obwohl er noch lebte. »Es genügt, ihm hinter die Kiemen zu fassen, und schon macht er keinen Mucks mehr«, erklärte Richard. Dann nahm er einen Baseballschläger und versetzte dem Fisch einen kurzen und kräftigen Schlag auf den Kopf.

»Deiner«, sagte er und hielt ihn ihm hin. Der schwere Fisch war glitschig, er rutschte Thomas durch die Hände und klatschte auf das Deck, wo er noch ein paar Mal mit der Schwanzflosse schlug. Dann lag er unbeweglich da.

Thomas hatte gespaltene Gefühle. Er war ungeheuer stolz auf seinen Jagderfolg. Ein derartiges Ereignis kannte er nur aus Filmen oder aus der Novelle *Der alte Mann und das Meer*. Gewiss, der Marlin, den der alte Fischer gefangen hatte, war viel größer gewesen als sein Kingi. Aber der Fischer war nicht imstande gewesen, seine Beute heil an Land zu bringen. Haie hatten sich darüber hergemacht und nicht viel übrig gelassen. Thomas hingegen hatte es geschafft, obwohl es der allererste Fang seines Lebens war. Und er ertappte sich bei dem Wunsch, dass es nicht der letzte sein möge.

Nachdenklich beobachtete er das schnelle Sterben des Fisches, das Erlöschen des Lichts in seinen gläsernen, lidlosen Augen und das Verblassen der vielfältig schimmernden Blau-, Grün- und Türkistöne seiner Haut.

»Jetzt ist er tot«, sagte er.

»Jetzt ist er tot«, bestätigte Richard.

Elizabeth wartete auf dem Steg auf die beiden Angler. Sie kauerte auf einem Poller, hatte die Arme um den Körper geschlungen und die Hände in ihrem schwarzen Kleid verborgen. Nur ihr Kopf ragte zwischen den knochigen Schultern empor. Sie ähnelte den Kormoranen, die etwas abseits auf den Uferfelsen hockten und ihr Federkleid in der Sonne trockneten. Nervös schaute sie auf das offene Meer. Als sie die kleine weiße Yacht mit dem marineblauen Streifen endlich in die Bucht einbiegen sah, erhob sie sich und winkte den Anglern erleichtert zu.

»Gott sei Dank, dass ihr gesund zurück seid«, rief sie ihnen entgegen.

Richard hielt den Kingfisch hoch.

»Den hat Tom gefangen.«

Elizabeth wickelte die Bootsleine, die Richard ihr zuwarf, um den Poller und reichte erst Thomas, dann Richard die Hand zum Übersteigen.

»Ich hoffe, du magst Fisch«, sagte sie.

»Sehr gern.«

»Das ist gut. Genau wie Edward.« Prüfend sah sie ihn an.

»Junge, du bist ja krebsrot im Gesicht. Hast du dich nicht eingecremt?«

»Do ... doch ... Ich ... äh ...«

»Liza!« Richard warf ihr einen vorwurfsvollen Blick zu. »Tom ist kein Kind. Er wird selbst wissen, was er zu tun hat.«

Thomas grinste. »Ich bin nicht empfindlich, und gegen Wintersonne schon gar nicht.«

Nach dem köstlichen Mahl, das Mary zubereitet hatte, Kingfischsteaks in Zitronenbutter gebraten, außen kross und innen rosa, hob Thomas sein Glas und nickte Elizabeth und Richard zu.

»Danke für Ihre Gastfreundschaft. Es war sehr schön bei Ihnen.«

»War?«

»Na ja, ich meine natürlich *ist.* Es ist immer noch schön. Es ist wunderbar. Ich habe noch nie etwas Derartiges erlebt. Ich …«, er räusperte sich verlegen, »aber … na ja, Neuseeland ist groß, ich möchte das ganze Land kennenlernen. Morgen will ich weiter.«

»Du willst weg?!«

Geräuschvoll schob Elizabeth ihren Stuhl zurück und verließ abrupt das Esszimmer. Thomas schaute fragend zu Richard hinüber. Hatte er etwas Falsches gesagt?

»Wir gehen am besten alle schlafen«, meinte Richard und zog ratlos die Schultern hoch. »Es war ein langer Tag. Gute Nacht, Tom.«

»Gute Nacht. Ich hoffe, Sie sind mir nicht böse. Ich meine, weil ich morgen abfahren will. Aber …«

»Du musst dich nicht entschuldigen. Ich kann dich verstehen.«

Thomas blieb noch eine Weile allein am Tisch sitzen. Der Sohn war wieder nicht zum Essen erschienen. Schade. Während Mary abräumte, beobachtete er nachdenklich die Sonne, die in den Weinbergen versank. Er ließ den Tag noch einmal Revue passieren. Das Meer und das Fischen waren ein unvergessliches Erlebnis gewesen. Allein dafür hatte sich die Reise in dieses Land gelohnt.

Als er vom Tisch aufstand, überfiel ihn leichter Schwindel, ihm wurde schwarz vor Augen. Er verwünschte den guten Tropfen, so viel Wein war er nicht gewohnt. Hoffentlich gab das keinen dicken Kopf. Ihm war übel, mit Mühe erreichte er das Badezimmer und musste sich übergeben. Er fühlte sich elend, schnappte sich den Abfalleimer für alle Fälle und ließ sich angezogen auf sein Bett fallen. Sein Gesicht brannte, die Haut tat weh und spannte sich. Für kurze Zeit fiel er in einen Dämmerschlaf, aus dem er jedoch schon bald frierend wieder hochschreckte. Zitternd verkroch er sich unter die Bettdecke und hoffte, dass der Spuk am nächsten Morgen vorbei sein würde.

Wilde Träume schüttelten ihn. Er wurde von einer Gruppe tätowierter dunkler Gestalten gefangen genommen, wie er sie in Roturua gesehen hatte, wurde von ihnen gefesselt und über einem offenen Feuer geröstet. Sie tanzten und stampften im Kreis, stießen laute, rhythmische Drohungen aus und streckten ihm die Zunge entgegen. Immer wieder stachen sie mit einer spitzen Gabel zu, um zu prüfen, ob er schon gar war. Er spürte, wie seine Haut sich wellte und Blasen warf.

Am nächsten Morgen stellte der herbeigerufene Arzt Verbrennungen zweiten Grades fest. Er verordnete Bettruhe und verschrieb entzündungshemmende und schmerzstillende Tabletten, die Mary eilig aus der Apotheke in Russell holte.

An Abreise war nicht mehr zu denken. Thomas lag fiebernd in dem abgedunkelten Zimmer. Elizabeth versuchte, ihm mit feuchten Tüchern Linderung zu verschaffen. Mit dem geleeartigen weißen Saft aus den Blättern der Aloe Vera, die sie im eigenen Garten züchtete, betupfte sie vorsichtig die Brandwunden und wechselte unermüdlich die kalten Umschläge. Sie wechselte die durchgeschwitzte Bettwäsche, presste frischen Orangensaft, kochte eine leichte Brühe, öffnete und schloss die Fenster und wich nicht von seiner Seite. Mühsam lächelnd dankte er für ihre Fürsorge. Wenn er schlief, setzte sie sich zu ihm auf die Bettkante, strich ihm übers Haar und flüsterte: »Schön, dass du wieder da bist.«

Sobald Richard den Kopf durch die Zimmertür steckte, um sich nach dem Patienten zu erkundigen, tat sie geschäftig, glättete die Bettdecke oder räumte im Zimmer herum.

Richard war erleichtert, dass die Pflege von Thomas sie aus ihrer Erstarrung holte. Sie hatte Ablenkung, eine Aufgabe, wurde gebraucht, und die Schwermut schien ein kleines Stück von ihr abzufallen, jedenfalls äußerlich. Er war dankbar für diese Entwicklung, obwohl ihm bewusst war, dass Thomas Russell verlassen würde, sobald er wieder gesund war. Was dann? Würde sie zurückfallen in die Verzweiflung? Eines Nachts versuchte er sie in einem Gespräch sanft darauf vorzubereiten, aber sie wechselte sofort das Thema und tat, als hätte sie es nicht gehört.

Noch 8 Tage.

Tom lag im Schatten auf dem Vordeck unter dem leicht gewölbten Vorsegel und versuchte sich zu erinnern, wann er Edward zum ersten Mal gesehen hatte. Es musste in der Fiebernacht nach dem Angelausflug gewesen sein, als er mit dumpfem Kopf und verklebten Augen ins Bad wollte. Orientierungslos war er über den Flur getapst und hatte die falsche Tür erwischt, hatte Licht gemacht und plötzlich in einem ihm unbekannten Zimmer gestanden.

In der Mitte des Raumes befand sich ein großer schwarz lackierter Flügel, der über und über mit zerknülltem Notenpapier und zerbrochenen Schallplatten bedeckt war. Er schaute sich um. Das Zimmer war verwüstet. Herausgerissene Tonbänder hingen wie Luftschlangen über dem Mobiliar. Schubladen standen offen, ihr Inhalt war über den Boden verstreut. Im offenen Kamin lagen halb verkohlte Fotos.

Er stutzte. Er glaubte, sein eigenes Konterfei zu erkennen. Was hatte das hier zu suchen? Wie kam es hierher? Fassungslos starrte er es an, bückte sich, um es aus der Asche zu nehmen, als plötzlich Elizabeth hinter ihm stand. Mit sanfter Stimme redete sie auf ihn ein und führte ihn wie ein kleines Kind zurück in sein Zimmer.

Am nächsten Morgen fragte er sie, ob er das alles nur geträumt oder wirklich erlebt hatte. »Du hast eine rege Fantasie«, sagte sie.

Die Tage, in denen Thomas von Fieberträumen geschüttelt wurde, verliefen schleppend. Elizabeth war hin und her gerissen zwischen hingebungsvoller Pflege und stiller Niedergeschlagenheit. Richard verdrängte seine Gefühle durch hemmungslose Aktivität. Von frühmorgens bis spätabends flüchtete er sich in die Arbeit, hackte Holz, grub die Erde um, versetzte den Komposthaufen oder schaufelte Löcher in den harten Lehmboden. Wenn er zu den Mahlzeiten gerufen wurde, war er so erschöpft, dass seine wenigen belanglosen Worte bei Elizabeth statt Trost nur Widerstand hervorriefen.

So saßen sich die beiden Eheleute am Tisch gegenüber, schluckten ihre Verzweiflung hinunter und schwiegen sich an. Bis es eines Morgens aus Elizabeth herausplatzte: »Wie soll es eigentlich weitergehen?«

»Wie soll was weitergehen?«, brummte Richard, der

aus den Augenwinkeln die Überschriften der Morgenzeitung überflog.

»Mit unserem Weingut.«

Er schaute erstaunt auf. »Wieso? Was meinst du damit? So wie immer natürlich. Es läuft doch gut.«

»Das meine ich nicht. Ich frage mich, wieso wir uns so abrackern? Für wen machen wir das eigentlich?«

»Für uns, Liebes.«

»Und wie lange soll das noch gehen?«

»Bis …, bis …« Richard geriet ins Stocken. »Ich weiß nicht, worauf du hinauswillst.«

Sie schwieg, und ein ungeheuerlicher Verdacht stieg in ihm auf. »Hast du etwa vor zu verkaufen?« Er stand auf und lief gereizt im Zimmer auf und ab. »Wir können das Weingut nicht verkaufen! Es ist unser Leben. So wie es das Leben meiner Eltern und Großeltern war. Das kann man nicht wie eine alte Hose ablegen, Elizabeth! Unmöglich. Wie stellst du dir das vor? Was sollen wir danach machen? Sieben Tage in der Woche Golf spielen? Ein wenig Unkraut jäten im englischen Landhausgarten? Ein hübsches Buch lesen im Schatten eines Sonnenschirms? Nein, Liebes, dafür bin ich noch zu jung. Das ist nicht meine Welt, und so wie ich dich kenne, auch nicht deine. Wir brauchen Zeit, Liebling, um uns an die neue Situation zu gewöhnen.«

Elizabeth schaute durch die großen Fenster nach draußen in den Garten, sie schien mit den Gedanken weit fort zu sein. »Erinnerst du dich an die alte Maori, die auf unserer Hochzeit allen Gästen die Zukunft voraussagte?«

»Du meinst diese Spinnerin, die uns weissagte, dass wir zwei Söhne bekämen?«

Elizabeth nickte.

»Fang bloß nicht wieder davon an«, sagte er und versuchte, den aufkommenden Unmut abzuwehren. »Die Angelegenheit ist doch längst abgehakt. Wir haben uns bemüht, einen zweiten Sohn zu bekommen. Es hat nicht sollen sein, und jetzt ist es zu spät.«

Elizabeth schwieg. Sie dachte daran, dass sie früher ganze Nächte über dieses Thema diskutiert hatten. Sie hatten Argumente ausgetauscht, hatten einander zugehört und das Für und Wider besprochen. Irgendwann hatten sie alles totgeredet und waren verstummt. Jetzt, zwanzig Jahre später, verschanzte Richard sich hinter seiner Morgenzeitung, begann zu lesen, schien jedoch unkonzentriert zu sein. Die Stille war zu laut.

Elizabeth hatte die Kunst des Schweigens viele Male erprobt. Sie wusste, Schweigen war wie Tauchen, je tiefer man hinabtauchte, desto mehr nahm der Druck zu und die Sicht der Dinge ab. Im Tauchen wie im Schweigen hatte sie einen langen Atem.

Sie beobachtete Richards Spiegelbild in der Fensterscheibe, sah, wie er mehrmals ansetzte, um etwas zu sagen. Lange würde er es nicht mehr ertragen, musste auftauchen hinter seiner Zeitung. Plötzlich erhob er sich und nahm sie in den Arm. »Lass uns wieder vertragen«, bat er, »es hat doch keinen Zweck.«

Zwei lange Wochen litt Thomas in dem abgedunkelten Zimmer. Erst als die Eiterpusteln verheilt waren, die Haut sich erneuert hatte, wagte er sich auf wackeligen Beinen wieder heraus, allerdings dick eingecremt.

Elizabeth sprang von ihrem Sessel auf und eilte ihm entgegen, um ihn zu stützen.

»Wie geht es dir?«

»Es tut mir so leid, Mr und Mrs Robinson, dass ich Ihnen ...«

»Es war meine Schuld«, unterbrach ihn Richard. »Ich hätte dich warnen müssen. Die Sonne ist ein Segen für die Trauben, aber für die menschliche Haut ist sie Gift. Komm, setz dich und trink einen Schluck Wein mit uns. Und lass das formelle *Mister*, das passt nicht hierher. Für mich bist du Tom, und wir sind Richard und Elizabeth.«

Er holte ein Glas aus der Vitrine, und während er es füllte, erging er sich ein wenig in der Philosophie des Weines, um weitere Entschuldigungen oder Schuldzuweisungen zu vermeiden.

»Schon vor zweitausend Jahren gab es einen griechischen Philosophen, der erkannte, dass der Wein das nützlichste aller Getränke ist, das angenehmste aller Nahrungsmittel und die schmackhafteste aller Arzneien. Er wird dir gut tun.«

Sie stießen miteinander an, und Tom kostete den Wein auf die gleiche Art, wie er es von zu Hause gewohnt war.

Richard musterte ihn erfreut. »Du scheinst dich auszukennen!«

»Ein bisschen.« Tom wurde rot. Es war ihm peinlich, vor einem Profi den Fachmann herauszukehren. Krampfhaft überlegte er, wie er von sich ablenken konnte.

»Wenn mein Vater eine Flasche Wein öffnet, erzählt er gern die Geschichte von Don Quijote.«

»Darf man fragen, wer das ist?«

»Ach, das war ein spanischer Ritter, der einen sehr differenzierten Geschmack besaß und jeden Wein bestimmen konnte, seine Herkunft, sein Alter, das Gewächs. Eines Tages wurde ihm eine Probe aus einem Fass zur Beurteilung vorgesetzt. Er nahm einen Schluck und bemängelte, dass sie nach Eisen schmeckte und nach Leder roch. Der Weinhändler schwor, in seinem Fass sei weder Eisen noch Leder. Doch später, als aller Wein verkauft war und man das Fass reinigte, fand man darin einen Schlüssel an einem Lederband.«

Richard schmunzelte. »Eine schöne Geschichte, Tom, auch wenn sie vielleicht erfunden ist. Ich werde sie mir merken und bei der nächsten Verkostung zum Besten geben.«

Elizabeth schob Tom einen Teller mit Sandwiches zu. »Iss, Edward, damit du wieder zu Kräften kommst.«

»Edward?«

Tom warf ihr einen fragenden Blick zu, aber da er zum ersten Mal nach seiner Krankheit wieder richtigen Appetit verspürte, griff er zu, ohne eine Antwort abzuwarten. Es schmeckte.

Richard beobachtete ihn aus dem Augenwinkel. Als kein Krümel mehr übrig war, räusperte er sich und fragte unverblümt: »Was hast du eigentlich vor, Tom?«

»Leider werde ich schon bald wieder zurück nach Deutschland fliegen.«

»Das meine ich nicht. Mich interessiert, was du beruflich vorhast? Willst du studieren? Hast du Pläne, Wünsche?«

»Ich habe mich noch nicht entschieden«, sagte Tom. »Deshalb bin ich ja nach Neuseeland gekommen. Ich hatte die Hoffnung, hier Zeit und Gelegenheit zu finden, um über meine Zukunft nachzudenken.«

Elizabeth und Richard wechselten einen vielsagenden Blick.

»Und? Hast du eine Antwort erhalten?«

»Nein.« Er klopfte sich ärgerlich gegen die Stirn. »Stattdessen hole ich Idiot mir diesen blöden Sonnenstich.« Er nahm einen kräftigen Schluck.

»Es ist nicht einfach, eine Entscheidung zu treffen, die ein ganzes Leben halten soll. Was will denn euer Sohn später einmal werden?«

Elizabeth erstarrte und vergrub ihr Gesicht in den Händen. Tom blickte ratlos zu Richard hinüber, der Mühe hatte, Haltung zu bewahren.

»Unser Sohn … unser Sohn …«, stammelte er, »Edward ist … tot. Ein Unfall.«

Tom stockte der Atem. Mit einem Schlag wurde ihm klar, warum die ganze Zeit diese dunkle Wolke über dem Haus gehangen hatte und seine Bewohner so gedrückt schienen. Er hätte sich am liebsten in Luft aufgelöst.

»Wir haben ihn an dem Tag beerdigt, als du zu uns kamst.«

»Oh«, flüsterte Tom, »das tut mir leid …« Und nach einer Pause, als das Schweigen unerträglich wurde und er das dringende Gefühl hatte, etwas sagen zu müssen, brachte er mühsam hervor: »Kann ich irgendwie helfen?«

»Bleib!«

Noch 7 Tage.

Und er war geblieben. Später fragte er sich immer wieder, warum. War es Mitleid? Dankbarkeit? Bequemlichkeit? Oder war es nur Schwäche, weil er nicht den Mut aufgebracht hatte, sich zu entscheiden, wie so oft in seinem Leben? Wann hatte er sich jemals gegen irgendetwas oder irgendwen gestellt? Er hatte nie offen

Position bezogen. Wenn er gefragt worden war, ob er in der Sonne oder im Schatten sitzen wolle, hatte er den Halbschatten gewählt. Wenn er eine neue Hose oder einen Pulli brauchte, hatte er lange unschlüssig vor den Regalen gestanden. Niemals hätte er eine rote Hose oder einen farbigen Pulli genommen, mied aber ebenso rigoros das coole Schwarz, das seine Mitschüler trugen. Er mochte grau, grau wie die Maus, die er vergangene Nacht in der Kabine als blinden Passagier entdeckt hatte. Wenn in der Klasse ein Streit zwischen zwei Mitschülern ausgebrochen war, hatte er sich auf niemandes Seite gestellt, er war abseits geblieben oder einfach weggegangen. Und wenn er gedrängt worden war – »Thomas, nun sag du doch auch mal was!« –, hatte er lakonisch geantwortet: »Ich kenn mich da nicht so aus …«

Jetzt war er allein auf dem Meer und haderte mit dem Schicksal. Er fühlte sich überrumpelt. Er war in Russell geblieben, weil Richard ihn dazu aufgefordert hatte. Hätte er ablehnen sollen? Können? Wollen?

Wenn er gleich am Tag nach dem Fischen abgereist wäre, wäre alles anders gelaufen. Dieser dumme Sonnenbrand hatte ihn 12 Tage ans Bett gefesselt und die ganze Angelegenheit so ungeheuer verkompliziert. Fünf Monate war das jetzt her.

Begonnen hatte alles natürlich viel früher. Er hatte *Neuseeland* in die Abiturzeitung geschrieben. Damit hatte das Schicksal seinen Lauf genommen. Hätte er Las Vegas geschrieben oder Lüneburger Heide oder

Timbuktu, dann wäre er nicht hier. Also hatte er es selbst zu verantworten!

Oder lag der Ursprung viel weiter zurück? Waren seine Eltern vielleicht verantwortlich? Wenn sie nicht Elizabeth und Richard im Englischen Garten in München angesprochen hätten, säße er jetzt nicht auf diesem Boot, nicht in diesem Land, nicht in dieser Klemme. Wie sollte es weitergehen? Wie?

»Du kommst doch mit?«, fragte Richard.

»Zum Fischen?«

Obwohl Tom sich freute, hatte er Angst. Seine neue Haut war noch sehr zart und durchsichtig. Ein Sonnenbrand reichte ihm.

»Heute nicht«, sagte Richard, »es gibt Arbeit im Weinberg.«

»Aber nur mit Strohhut und Sonnencreme«, mahnte Elizabeth.

Seite an Seite marschierten die beiden Männer durch die endlosen Reihen der Rebstöcke. Hin und wieder blieb Richard stehen, bückte sich, begutachtete ein einzelnes Weinblatt, nickte zufrieden oder krauste die Stirn. Den Rosenstock am Anfang und am Ende einer jeden Reihe unterzog er einer ausgiebigen Kontrolle.

»Hübsch«, meinte Tom. »Soll ich einen Strauß für Elizabeth pflücken?«

»Die Rosen sind nicht für die Blumenvase.«

»Sondern?«

»An den Blättern der Rosen erkenne ich den Zustand des Weinbergs. Sind die Rosenblätter kräftig und glänzend, kann ich davon ausgehen, dass die Reben gesund sind. Sind sie aber vom Pilz bedroht, vom *Black Spot*, zeigt sich das zuerst bei den Rosen, und ich kann ihn rechtzeitig bekämpfen. Sie sind sozusagen die Vorboten eventueller Krankheiten.«

»Toll«, staunte Tom, und plötzlich betrachtete er die Pflanzen mit anderen Augen.

»Die Rosen haben die gleiche Aufgabe wie die Kanarienvögel im Bergbau. Du hast vielleicht mal davon gehört. Früher nahmen die Bergleute einen dieser Käfigvögel mit unter Tage. Hörte er auf zu singen oder fiel bewusstlos von der Stange, wusste jeder, es lag Gefahr in der Luft. Die Gaskonzentration war zu hoch.«

Tom fiel ein, dass sein Großvater früher großen Wert darauf gelegt hatte, in seinem Pferdestall immer eine Ziege zu halten. Der Grund musste der gleiche gewesen sein: Erkrankte sie oder bekam Durchfall, klingelte die Alarmglocke, und es wurde sofort der Pferdedoktor gerufen.

»Deine Rosen sehen sehr gesund aus!«, lobte er.

»Man darf sie nie aus den Augen lassen. Ein Weinberg ist zu allen Zeiten eine beliebte Speisekammer für vielerlei Mitesser. Im Frühjahr fressen die Possums und die Wachteln die neuen Triebe ab. Im Herbst machen sich die Vögel über die reifen Trauben her, und das ganze Jahr über schmarotzern Pilze, Käfer, Bakterien und Rebläuse.«

»Spannend«, fand Tom.

Die Inspektion dauerte den ganzen Vormittag. Nach einer kurzen Mittagspause ging er am Nachmittag wieder mit hinaus und half beim Beschneiden der Rebstöcke, in dessen Kunst Richard ihn einwies. Abends tat ihm der Rücken weh, trotzdem war er glücklich. Vier Reihen hatte er geschafft. Es war nicht viel, doch er konnte mit eigenen Augen sehen, was er getan hatte.

Bisher hatte er seinen Kopf nur mit Wissen gefüllt, das ihm oft überflüssig erschienen war. Wenn er etwas in Frage gestellt oder angezweifelt hatte, ob es einen Nutzen für sein späteres Leben haben würde, hatten die Lehrer die Allgemeinbildung zitiert, und er hatte weiter gebüffelt. Die heutige körperliche Arbeit überzeugte ihn mehr als alle Erziehungsdebatten.

Trotz Müdigkeit und Rückenschmerzen freute er sich schon auf den nächsten Tag und den übernächsten und die folgenden. Als alle Rebstöcke beschnitten waren, hob Richard beim Abendessen sein Weinglas: »Danke, Tom. Du warst mir eine große Hilfe.«

»Es hat Spaß gemacht. Schade, dass es vorbei ist.«

»Die Arbeit in einem Weinberg ist nie vorbei«, warf Elizabeth ein und überreichte ihm ein Kuvert. »Das ist ein kleines Dankeschön für deinen Einsatz.«

Tom freute sich über die ersten selbstverdienten Dollar, wehrte jedoch ab. »Das ist nicht nötig. Ich schulde euch beiden so viel. Ihr wart so gastfreundlich. Und ich …«

»Nimm es, Tom. Es steht dir zu. Und morgen wird nicht gearbeitet. Sonntags ist Hochbetrieb im Bootsclub in der Matauwhi Bay, fünf Minuten von hier. Du brauchst mal ein bisschen Abwechslung unter jungen Leuten.«

»Edward hatte dort viele Freunde«, sagte Elizabeth.

Richard bot ihm seinen Pick-up an, aber Tom wollte lieber zu Fuß gehen. Zum einen war er den Linksverkehr nicht gewohnt, zum anderen genoss er seine neu erworbene körperliche Fitness. Noch nie hatte er sich so wohl in seiner Haut gefühlt. Früher hatte er stundenlang vor dem Computer oder vor dem Fernseher gehockt, wenn er nicht gerade die Schulbank drückte. *Mehlwurm* war er manchmal gehänselt worden. *Sandsack* hieß er in der Turnstunde. Hier in Russell wurde er gefordert, acht, neun Stunden täglich auf den Beinen, immer frische Seeluft um die Nase. Obwohl er sich bei den von Mary lecker zubereiteten Mahlzeiten nicht zurückgehalten hatte, war seine kleine Bauchrolle verschwunden. Zum ersten Mal in seinem Leben betrachtete er sich ungeniert im Badezimmerspiegel, und was er sah, gefiel ihm. Er war drahtig und braungebrannt, sein preußischer Kurzhaarschnitt war kleinen, frechen Locken gewichen, die ihm vorwitzig in die Stirn fielen, und der Dreitagebart stand ihm gut. Er hätte gern Katharina ein Foto von sich geschickt, ließ es dann aber doch bleiben.

Selbstsicher vor sich hinpfeifend, marschierte er in die Matauwhi Bay, einen kleinen Naturhafen, in dem Dutzende von Segelbooten vor Anker lagen. Weltumsegler, Aussteiger und Einheimische fanden hier preiswerten Schutz vor Wind und Wellen. Ein breiter Holzsteg, an dessen Ende eine verwitterte, wellblechgedeckte Hütte stand, ragte ins Wasser. An den Pollern drängten sich die Dingis wie die Schafe im Kral. Ein Holzboot mit einem Unterschiff, das mit Muscheln und Seetang bewachsen war, stand festgezurrt im Dock und wartete auf einen neuen Unterwasseranstrich. Auf einer kleinen Wiese waren staubige Autos geparkt, beladen mit Surfbrett, Leiter oder Schlauchboot. In dem verwitterten Clubhaus trafen sich die Segler am Abend zu einem Pint Bier, und wenn sich jemand bereiterklärte zu kochen, gab es eine preiswerte Mahlzeit oder einen Grillabend.

Als Tom eintrat, kam er sich vor wie in einem klassischen Western. Er sah John Wayne vor sich, der sich streckte, das Kinn vorschob, den Hosenbund lupfte, beide Daumen hinter den Gürtel steckte und sich durch die Schwingtür der Saloon-Bar schob. Mit leise klirrenden Sporen schritt er an die Theke und bestellte einen doppelten Whisky. Bei seinem Anblick erstarben alle Gespräche, die Musik setzte aus. Doch das war Kino. Hier in dem Durcheinander von Lachen, Musikgedudel und erhitzten Diskussionen nahm niemand Notiz von Tom.

Er schob sich durch die Menge und bestellte ein Bier am Tresen. Er war stolz auf sich. Noch vor sechs Wochen hätte er nicht gewagt, sich in diesem fremden Land unter Leute zu mischen, die sich alle untereinander zu kennen schienen. Vermutlich hätte er ein Sixpack im Supermarkt gekauft und es mit anderen Rucksackreisenden im Hostel geteilt.

Plötzlich schlug ihm jemand so fest aufs Kreuz, dass das Bier über sein Hemd schwappte.

»Edward, altes Haus. Hab dich ja eine Ewigkeit nicht gesehen. Wo hast du gesteckt?« Ein bärtiger Seebär mit lauter Stimme lachte ihn an. Sämtliche Köpfe drehten sich nach ihm um, und auf einmal wurde es still im Raum. Alle starrten ihn verblüfft an und begannen miteinander zu tuscheln. Tom war verdattert. Der Seebär stieß ihn in die Rippen und grunzte: »Nun tu nicht so, als ob du mich nicht mehr kennst. Ich hab dich doch letztes Jahr aus dem Wasser gefischt, als du mit deinem Ruderboot gekentert bist.«

Tom wusste nicht, was er sagen sollte. »Sie müssen mich mit jemandem …«

Ein Maori mit Tätowierung an beiden Armen nahm den Bärtigen zur Seite und flüsterte ihm etwas ins Ohr.

Der wirkte auf einmal ganz betreten und stotterte: »Sorry, *mate*, ich hab dich verwechselt. Ich war lange auf See, bin gerade erst zurückgekommen … wusste noch gar nicht … Komm, ich geb dir einen aus.«

Er stieß mit Tom an und stürzte das Bier hinunter. »Verdammt noch mal. Aber du siehst wirklich aus wie er. Ich hätte schwören können, du bist Edward. Bist du verwandt mit ihm?«

Tom schüttelte den Kopf.

»Mensch, tut mir das leid«, brummte der Seebär. »Weißt du, wie er gestorben ist?«

»Jagdunfall«, mischte sich der Maori ein. »Hatte das Gewehr unter dem Regenmantel. Die Waffe war ungesichert. Da kann so was passieren. Scheiße. War ein feiner Kerl.«

Er streckte Tom die Hand entgegen. »Ich heiße Tipene.«

»Und ich heiße Tom.«

»*Kia ora*, Tommyboy. Du bist neu hier. Bist du mit dem Boot gekommen?«

Tom lachte. »Nö, ich kann nicht segeln. Bin zu Besuch da«, sagte er und deutete in die Richtung des Weinguts. »Meine Eltern waren mal befreundet mit Richard und Elizabeth Robinson. Sie haben mich eingeladen.«

»Seit wann bist du denn da?«

»Seit sechs Wochen. Ich bin an dem Tag angekommen, als sie Edward begraben haben.«

»Das ist Mana Matatuhi«, sagte der Maori.

»Mana Matatuhi? Was heißt das?«

»Es steht in deinem Gesicht.«

»Und was soll das bedeuten?«

»Dass du gekommen bist, weil Edward gegangen ist. Dass du in dieses Land gereist bist und nicht woandershin. Dass wir uns heute Abend hier treffen.«

»Ach so, du meinst Zufall.«

»Nein, nein«, sagte Tipene ernst, »Mana Matatuhi ist anders. Alles eben. Bestimmung. Schicksal.«

»Kanntest du Edward gut?«

»Wir waren Freunde. Schon in der Schule haben wir nebeneinander gesessen. Haben alles Mögliche gemeinsam ausgeheckt und jeden Blödsinn zusammen gemacht. Später wurde er ernst und sehr nachdenklich. Wir haben ganze Nächte am Strand gehockt und unsere Träume ausgetauscht. Er war ein großer Träumer. Hoffte, ein berühmter Pianist zu werden und auf Tournee die Welt zu erobern.«

»Dann muss er gut gewesen sein«, vermutete Tom.

»Gut ist gar kein Ausdruck. Er war großartig, in unseren Augen ein Genie, auch wenn er das nicht wahrhaben wollte. Er war nie ganz zufrieden mit seinem Klavierspiel, wollte immer mehr üben, alles noch besser machen, wollte perfekt sein. Dabei hat er uns alle verzaubert, sobald er die Tasten berührte, alle, nur seinen Alten nicht. Der hasste das Piano. Und warum? Weil Edward es mehr liebte als die Weinberge.«

Tipene bestellte zwei Bier und reichte eins weiter an Tom. »Cheers. Auf Edward.«

»Auf Edward.«

Der Maori leerte sein Glas in einem Zug, ohne abzusetzen, und stand gleich danach auf. »Mein Hund hat sich bei der letzten Jagd verletzt. Ich muss nach ihm schauen.«

Tom überlegte, ob er auch gehen sollte, aber der Alkohol vertrieb seine Scheu vor den fremden Menschen und der unbekannten Umgebung, und er blieb.

Lässigkeit vorgebend, lehnte er mit einem Arm an der Theke und beobachtete die sonnenverbrannte, unrasierte, mit Farbe bekleckerte wilde Truppe, die das Meer aus aller Welt an diesen kleinen Ort gespült hatte und deren Gesprächsthemen sich einzig und allein um die Seefahrt, den Wind, das Fischen und Schiffe zu drehen schienen. Man diskutierte darüber, dass der Wind bei der letzten Regatta plötzlich nach Süd-Ost gedreht und den Zieleinlauf mit dem Spinnaker unmöglich gemacht hatte, oder man holte sich Rat für die nächste Wettfahrt. Über ihre Boote redeten sie in der weiblichen Form wie von einer Geliebten: wie treu sie ihnen all die Jahre gewesen sei, wie sie jedes Wetter gemeistert habe, wie schön sie sei. Diese Linie! Dieses strahlende Weiß! Dieses mattglänzende Teak! Vergilbte, zerknitterte Fotos gingen von Hand zu Hand. Und wer kein Boot mehr hatte, erzählte gerührt, wie er seins einst auf ein Riff gesetzt hatte oder gezwungen gewesen war, es zu verkaufen.

Stimmen und Musik wurden noch lauter, begannen einander zu übertönen; was Dichtung war und was Wahrheit, wurde undurchsichtiger und der Tabaknebel dicker. Tom sah amüsiert in die Runde und hatte plötzlich das Gefühl, beobachtet zu werden. Er wandte sich um und schaute in das Gesicht einer jungen Frau mit Pferdeschwanz, die ihn anstarrte. Als sich ihre Blicke begegneten, wich sie ihm erschrocken aus und setzte hastig ihr Gespräch mit einem jungen Mann fort, der neben ihr saß.

Tom war verlegen. Er war es nicht gewohnt, dass ihn Mädchen interessiert anschauten. Noch dazu ein so hübsches Mädchen. Er beugte sich vor, um zu hören, worüber sie redete, konnte sie jedoch nicht verstehen. Es schien um Musik zu gehen, denn hin und wieder bewegten sich ihre schlanken Finger auf der Tischplatte wie auf einer Klaviatur. Tom schaute ihr gebannt zu und fühlte ein plötzliches Kribbeln im Bauch, zumal sie ihm wiederholt Blicke zuwarf. Nach kurzer Zeit stand sie auf, lächelte ihn an und verließ das Clubhaus.

Tom war wie hypnotisiert. Hatte das Lächeln ihm gegolten? Er drehte sich um, doch da war niemand. Also hatte es wohl nichts als ein freundliches Hallo bedeutet. Oder war es mehr? Er wusste nicht, wie er sich verhalten sollte, dachte an die Affäre mit Katharina auf dem Abiturball und an all das, was danach kam oder vielmehr nicht kam, und er wollte sich nicht lächerlich machen. Außerdem hatte er zu wenig Erfahrung mit dem anderen Geschlecht, Frauen waren für ihn rätselhafte, unberechenbare Geschöpfe. Er fasste all seinen Mut zusammen und ging dem Pferdeschwanz hinterher, doch als er ins Freie trat, war sie fort. In der Ferne hörte er den dumpfen Schlag einer Autotür, der Motor wurde gestartet, dann schob sich ein dunkles Fahrzeug knirschend vom Parkplatz und fuhr davon.

In der Nacht schlief Tom schlecht. In seinen Träumen sprach Katharina Englisch, hatte einen Pferdeschwanz und spielte Klavier auf seinen Rippen, was ihn so erregte, dass er am nächsten Morgen seine Schlafanzughose auswaschen musste.

»Na, wie wars?«, wollte Richard beim Frühstück wissen. »Wen hast du getroffen?«

»Tipene, einen Maori«, sagte Tom und nickte mit vollen Backen.

»Ach den. Na ja, die Arbeit hat der nicht erfunden.«

»Wir haben ihn kurz kennengelernt«, erinnerte sich Elizabeth.

»Das hat er mir auch erzählt«, sagte Tom und überlegte, ob er erwähnen sollte, was er über Edwards Jagdunfall erfahren hatte. Doch dann dachte er daran, dass jedes Mal, wenn nur der Name von Edward erwähnt wurde, die Stimmung umgeschlagen war. Damit wusste er nicht umzugehen, und so sagte er nichts. Zum Glück unterbrach Richard seine Gedanken mit einem Vorschlag.

»Tom, ich habe vor, heute ein Projekt zu starten, das ich schon mit Ed …, das ich schon vor einiger Zeit geplant hatte. Du könntest mir eine große Hilfe dabei sein. Ich möchte einen neuen Weinberg anlegen. Das Grundstück ist schon gerodet. Damit brauchen wir uns nicht mehr rumzuärgern. Den Rest erklär ich dir bei der Arbeit.«

Sie sprangen ins Auto und fuhren los. »Zuerst setzen wir die Holzpfosten. Sechs Meter auseinander, einen Meter tief in die Erde. Schnurgerade. Die nächste Reihe im Abstand von drei Metern, damit wir später mit dem Traktor durchkommen.«

»Ist wohl kein Kinderspiel«, meinte Tom.

»Keine Angst. Früher machte man das mit der Hand und brauchte eine Ewigkeit dazu, heutzutage erledigt das eine Bohrmaschine. Ist trotzdem noch ein hartes Stück Arbeit. Wird uns gut tun. Du bist doch wieder fit.«

Es war wirklich eine Strapaze, aber zu seiner eigenen Verwunderung machte es Tom nichts aus. Er genoss die körperliche Herausforderung und hatte das Gefühl, etwas Sinnvolles zu tun.

Die Tage flogen so schnell dahin wie die Seeschwalben, dann war schon wieder Sonntag, und Tom konnte es kaum erwarten, in den Bootsclub zurückzukehren. Vielleicht kam sie wieder? Gespannt schaute er in die Runde. Alle waren wieder da, auch der Seebär und Tipene, nur sie nicht. Er war enttäuscht. Wenn er ihren Namen wüsste, könnte er so ganz nebenbei fragen, wer sie war, wo sie wohnte, ob sie allein lebte. Aber wie beschrieb man ein Lächeln? So trank er Bier um Bier mit Tipene, der ihm erzählte, dass sein Hund wieder gesund sei, und fragte, ob Tom nicht mal Lust hätte, mit ihm auf die Wildschweinjagd zu gehen.

»Wie wärs mit nächstem Sonntag? Ich hol dich ab.«

Noch 6 Tage.

Nach einigen Tagen Einsamkeit auf dem Meer sehnte sich Tom nach Abwechslung an Bord. Er stöberte in dem kleinen Bücherregal und fand eine Abhandlung über alle Arten von Schiffen, die auf die eine oder andere Weise zu Ruhm gelangt waren. In der biblischen Geschichte war es die Arche Noah gewesen, die Gottes Schöpfung vor der Sintflut gerettet hatte. 1783 war es das *Luft*schiff Montgolfiere, in dem eine Ente, ein Hahn und ein Schaf mit dem schönen Namen Montauciel – zu Deutsch Steig-zum-Himmel – Glanz und Gloria errungen hatten.

Zweihundert Jahre später war es das *Weltraum*schiff Sputnik, in dem die Hündin Laika in den Orbit geschickt worden war. Ob sich die Passagiere damals ähnlich allein gefühlt hatten wie er auf seinem *Segel*schiff?

Er fragte sich, ob er alles richtig machte. Wie verhielt sich ein Mensch draußen allein auf dem Meer *richtig*? Brauchte er tatsächlich 14 Tage, wie die Kumpel im Bootsclub vorhergesagt hatten, um in der Gegenwart anzukommen? Um das Vergangene zu vergessen und die Zukunft, das Hoffen und Sehnen, als Fessel zu begreifen? Trotz der Einsamkeit war er froh, allein an Bord zu sein, er litt keinerlei Not. Er hatte genug zu essen, und Wasser gab es reichlich in gut verstauten Kanistern. Die Tage flossen dahin, ohne dass sich ein Pflichtgefühl bei ihm gemeldet hätte. Sein Kopf wurde leerer, sein Herz friedlicher. Er genoss es, keine Rolle mehr spielen zu müssen. Und er hatte Zeit.

Tom war von Anfang an fasziniert gewesen von den Neuseeländern und ihrer Einstellung zur Zeit. Die Entdeckung der Langsamkeit, die Zeit als Lebensqualität, empfand er als Kostbarkeit. Daheim schienen die Uhren viel schneller zu laufen, obwohl Einstein doch behauptet hatte, dass die Uhren langsamer gehen, je schneller man sich bewegt. In Deutschland hieß es *Zeit ist Geld*, aber hier hielt man diese Behauptung für Unsinn. Die Kiwis wussten, dass man sich für kein Geld der Welt eine Stunde, nicht einmal eine Minute erkaufen konnte. Zeit kostete nichts. Es gab genug davon. Man musste sie sich nur nehmen.

Hier draußen auf dem Wasser, umgeben von nichts anderem als Himmel, Horizont und Meer, dehnte sich die Zeit, ja sie schien ganz stillzustehen.

Elizabeth war blass geworden, als Tom ihr von seinem geplanten Jagdausflug erzählte, und sie versuchte energisch, ihn davon abzuhalten. Erst als Richard ihr versicherte, dass Wildschweine nicht mit einem Gewehr gejagt wurden, beruhigte sie sich und wünschte ihm Waidmannsheil.

Am Sonntagvormittag wartete Tipene hupend vor dem Haus. Auf der Ladefläche des Pick-ups drängelten sich drei Hunde um den besten Platz hinter der Fahrerkabine. Tom verabschiedete sich kurz, und sie fuhren los. Der Maori klemmte hinter dem Steuerrad, zündete sich Zigarette an Zigarette an, deren Qualm durch das halb offene Fenster hinauszog und sich mit der Staubfahne des Autos auf der Sandstraße vermischte. Er schien voller Vorfreude und Spannung. Zwischen den Lungenzügen gab er Tom Anweisungen und Verhaltensregeln.

»Wir versuchen unser Glück heute im Russell Forest. Ich geh voran, du bleibst dicht hinter mir. Kein Wort. Kein Geräusch. Vergiss nicht, mit Wildschweinen ist nicht zu spaßen. Hab schon etliche Hunde durch sie verloren.«

Unter einem jahrhundertealten Kauribaum, der fünfzig Meter in den Himmel ragte, parkten sie den Pickup. Tipene band die aufgeregt winselnden Hunde los, die mit großen Sätzen im Wald verschwanden. Er holte ein Lederfutteral unter seinem Sitz hervor, in dem ein riesiges Messer steckte, und begann es sorgfältig zu schleifen. Hin und wieder prüfte er mit dem Daumen die Schärfe der Schneide.

Tom wollte etwas fragen, doch Tipene legte den Finger auf die Lippen. Er hatte etwas gehört. Fernes Hundegebell.

»Sie haben eins aufgespürt«, flüsterte er aufgeregt, ergriff das Messer und bahnte sich einen Pfad durch das dschungelartige Unterholz. Tom folgte ihm dicht auf den Fersen. Es dauerte eine halbe Stunde, bis sie sich angenähert hatten. Bellen, Grunzen, Quieken, Kläffen lösten einander ab, dazwischen das Brechen von Ästen und helle Schmerzenslaute eines Hundes. Auf Zehenspitzen schlichen sie voran, und plötzlich sahen sie die gestellte Wildsau vor sich. Sie hockte mit dem Hinterteil in einem Dornbusch, um sich den Rücken freizuhalten. Schaum stand ihr vor dem Maul. Sie blutete aus mehreren Wunden, und auch einer der Hunde war verletzt. Seine Bauchdecke war aufgerissen, der Darm quoll heraus, trotzdem kläffte er aufgeregt weiter.

Tipene gab Tom Zeichen, hinter einem Baum in Deckung zu bleiben. Er selbst schlich sich ruhig von links an das verwundete Wildschwein heran. Die

Hunde waren eingespielt, wussten genau, was sie zu tun hatten. Sie verstärkten ihre Angriffe auf der rechten Seite, um ihrem Herrn die Möglichkeit zu geben, links um den Dornbusch an das Opfer heranzurobben und ihm blitzschnell die Kehle durchzuschneiden.

Wie eine Bilgepumpe spie das Herz das hellrote Blut in den Waldboden. Die Zuckungen der Sau wurden langsamer, der weiße Schaum ums Maul verfärbte sich rot, dann brach sie mit den Vorderläufen ein und kippte zur Seite, bevor sie röchelnd verendete.

Die Hunde waren außer sich, sprangen auf den wabbeligen Bauch des Kadavers, trippelten euphorisch darauf herum und feierten schwanzwedelnd ihren Sieg.

Tipene griff nach dem verletzten Hund, drehte ihn auf den Rücken und holte aus seiner Weste eine kleine Flasche Jod, Nadel und Faden. Der Hund rührte sich nicht. Er wusste, dass ihm geholfen wurde. Klaglos ertrug er, dass sein Herrchen ihm die Bauchdecke zunähte, nachdem es den Darm gesäubert und zurückgestopft hatte. Es war nicht das erste Mal. »Hoffentlich überlebt er es«, sagte Tipene. »Jock ist der beste Jagdhund, den ich je hatte.«

Dann weidete er die Sau aus und warf den Hunden die Innereien vor. Mit einem Schwung schleuderte er sich den blutenden Kadaver über die Schultern, um den Hals, ergriff Vorder- und Hinterbeine mit seinen Händen und stapfte zurück zum Pick-up.

Tom blieb ein bisschen zurück. Ihm war schlecht.

Es wurde spät, denn auf dem Nachhauseweg begegneten sie immer wieder Freunden, Bekannten und Verwandten von Tipene, die hören wollten, wie es ihm bei der Jagd ergangen war. Für das kommende Wochenende lud er sie alle zu einem Hangi ein, wo die Wildsau verspeist werden sollte.

In Russell setzte er Tom ab.

»Ich komm heute nicht mit in den Bootsclub«, sagte er. »Die Hunde brauchen Ruhe und Futter. Und die Sau muss bis Sonntag in die Tiefkühltruhe. Viel Spaß.«

Er brauste davon.

Tom überlegte, ob er gleich in den Bootsclub gehen oder erst nach Hause laufen und sich umziehen sollte. Verschwitzt und zersaust, wie er war, fühlte er sich nicht wohl. Die Jeans hatten Blutflecke und waren über dem Knie zerrissen. Was würde das Pferdeschwanz-Mädchen sagen, wenn es ihn so sähe? Andererseits liefen dort fast alle ähnlich schlampig herum. Er klopfte den Staub von der Hose, bückte sich, um die Hände im Meer zu waschen und stapfte über den Sandstrand auf das Clubhaus zu.

Gerade als er die Klinke herunterdrücken wollte, sprang die Tür auf. Der Pferdeschwanz stürmte heraus und prallte frontal mit ihm zusammen. Vor Schreck hielten beide die Luft an, bevor sie sich erkannten und in ein verlegenes Gelächter ausbrachen.

»Hi.«

»Hi.«

»Was gibt es hier heute Abend zu essen?«, fragte Tom, dem nichts anderes zu sagen einfiel.

»Nichts«, grinste sie. »Der Strom ist ausgefallen.«

»Oh«, sagte Tom, »dann muss ich wohl hungrig ins Bett. Aber das soll ja gut sein für die Linie.«

»Fish 'n' Chips gibts noch am Kiosk, die kochen auf Gas.«

»Und wo finde ich den?«

»Fahr hinter mir her. Ich hab auch Hunger.«

»Ich bin zu Fuß.«

»Dann nehm ich dich mit, wenn du willst«, sagte sie. »Übrigens: Ich bin Sara.«

»Ich heiße Tom«, sagte er und schüttelte ihre Hand. Er war erstaunt, wie fest sie zudrückte.

Während der Fahrt beobachtete er sie von der Seite. Sie war noch hübscher, als er sie in Erinnerung hatte. Besonders ihre Natürlichkeit gefiel ihm. Sie war ungeschminkt und trug keinen Schmuck, war selbstbewusst und besaß eine faszinierende Ausstrahlung.

Sie musste seine Blicke bemerken, blieb aber ungezwungen, stellte keine Musik an, begann nicht loszuplappern und über die eigenen Worte zu kichern, wie die Mädchen seiner Klasse es oft getan hatten. Schweigend saßen sie nebeneinander und freuten sich über die zufällige Begegnung. Nur einmal wandte sie ihm kurz den Kopf zu, und ihre Augen lachten ihn an.

Tom bestand darauf, die Fish 'n' Chips zu bezahlen, als Gegenleistung für die freie Autofahrt.

»Gut, dann spendiere ich eine Flasche Wein«, sagte sie. »Die können wir bei mir zu Hause köpfen.«

Sie kletterten zurück ins Auto und fuhren weiter. Nach ein paar hundert Metern bog sie in einen Seitenweg neben einer verwilderten Bambushecke ein und zog die Handbremse: »Wir sind da.«

Ein kleines Haus mit einem grünen Wellblechdach und einer feuerroten Haustür duckte sich unter Farnbäumen und Oleanderbüschen.

»War mal 'ne Fischerhütte«, sagte sie und öffnete die unverschlossene Eingangstür. Sie drückte auf den Lichtschalter, doch es blieb dunkel. »Na ja, 'ne Kerze tuts auch.«

»Wohnst du hier?«

Sie nickte. »Ist ein bisschen klein, aber ich bin gern hier. Ich hab alles, was ich brauche.«

Im Halbdunkel erkannte er einen großen Flügel, der in der Mitte des Zimmers stand und fast die gesamte Wohnfläche einnahm. Es sah aus, als wäre das Häuschen um ihn herum gebaut worden.

»Wie hast du den denn hier hereinbekommen?«, fragte Tom staunend.

»Durchs Dach. Wenn ich das Haus jemals verkaufe, muss der neue Besitzer den Flügel mit übernehmen. Oder das Dach abreißen.«

Sie öffnete eine Flasche Wein. »Ich hab nur roten. Ich hoffe, du magst roten?«

Sie drückte Tom ein Tablett mit zwei Weingläsern

und den beiden Päckchen mit Fish 'n' Chips in die Hand und sagte: »Lass uns rausgehen auf die Terrasse. Da ist es am schönsten.«

Sie hockten sich auf zwei Korbliegen, legten die Füße auf die Holzumrandung und aßen das Mitgebrachte mit den Fingern direkt aus dem Papier.

»So schmeckt es am besten«, meinte Sara und prostete ihm zu.

»Danke«, war alles, was er herausbrachte, so glücklich war er. Er saß mit einer wunderbaren Frau allein auf einer Terrasse über dem Meer, und sie tranken Wein. Fast fürchtete er aufzuwachen, alles nur zu träumen.

Plötzlich sprang das Licht im Haus an und löschte den Sternenglanz. »Da ist es ja wieder«, rief Sara und sprang auf. »Ich glaube, es wird sowieso Zeit. Morgen habe ich einen anstrengenden Tag vor mir. Ich bring dich nach Hause.«

»Sehen wir uns wieder?«, fragte Tom.

»Vielleicht.«

»Falls du willst, koch ich wieder Fish 'n' Chips.«

Er lehnte sich zu ihr hinüber, um ihr einen flüchtigen Kuss auf die Wange zu geben.

»Oh, Tom«, lachte sie, »oh, Tom.« Sie nahm seinen Kopf in die Hände und umarmte ihn flüchtig. »Wenn du wüsstest ...«

Tom sauste in Richards Pick-up über die Landstraße, alle Fenster waren heruntergekurbelt, der Fahrtwind zerzauste sein Haar, das Radio tönte in voller Lautstärke, und sobald er eine Melodie erkannte, sang er mit. Er war glücklich. Der Zufall, das Glück, das Schicksal, wer oder was auch immer es war, hatte ihn in dieses Land geführt, hatte ihm die Augen geöffnet und gezeigt, wie wunderbar, wie spannend das Leben, *sein* Leben sein konnte. Er war ein Glückspilz.

Weit konnte es nicht mehr sein bis zu Tipenes Grundstück am Meer. Nach seiner Wegbeschreibung war es die vierte Bucht hinter der einspurigen Brücke. Wo die meisten Autos auf einer Wiese parkten, hatte er gesagt, dort sei seine Hütte. Was er nicht gesagt hatte, war, dass es Schrottautos waren, die sich in seinem Vordergarten drängelten. Trotzdem war es eine Idylle. Ein halbes Dutzend schreiender, lachender Kinder lief am Strand um die Wette mit einem Pferd, auf dem ein kleiner Maori-Junge saß, der sich verzweifelt an der Mähne festhielt und trotzdem hinunterfiel. Er schrie, seine Mutter kam angelaufen, scheuchte das Pferd, das stehengeblieben war, fort, schimpfte über die ungezogenen Kinder, nahm ihren Sprößling auf den Arm und wiegte ihn.

»So ändern sich die Zeiten«, meinte Tipene, als er Tom begrüßte, der der Szene lachend zugeschaut hatte. »Früher haben wir den Hintern voll gekriegt, wenn wir vom Pferd fielen. Heute gibt es Sweeties zum Trost.« Er klopfte Tom freundschaftlich auf die Schulter und zeigte ihm seinen Garten. »Schön, dass du so zeitig gekommen bist. Wenn du willst, kannst du mir ein bisschen bei der Vorbereitung zu unserem Hangi helfen. So was hast du bestimmt noch nicht gesehen. Ich zeig dir, wie es geht.«

Direkt vor seiner Terrasse hatte er bereits ein tiefes Loch im Boden ausgehoben, das aussah wie ein Grab. Bis zur Hälfte war es mit Ästen und gespaltenen Stämmen aufgefüllt.

»Manuka«, erklärte Tipene. »Teebüsche. Die eignen sich am besten.«

»Du legst die Wildsau auf die Büsche?«, wunderte sich Tom.

»Später. Zuerst kommen die Steine rein.«

Er deutete auf einen Berg abgeschliffener, koffergroßer Felsen. Gemeinsam wuchteten sie das Fluss- und Vulkangestein ins Loch, bis das Holz bedeckt war, und spritzten es mit Wasser sauber. Dann schüttete Tipene eine Flasche Brennspiritus hinein und zündete es an.

»Jetzt haben wir uns ein Bier verdient«, sagte er schnaufend und ließ sich erschöpft auf einen dreibeinigen Stuhl fallen. »Das muss jetzt zwei Stunden brennen. Dann sind die Steine heiß genug.«

Kochen war keine Männerarbeit, deshalb wurden bald die Frauen herbeigerufen, die fünf flache, quadratische Drahtkörbe brachten. Einer war mit Gemüse gefüllt: Zwiebeln, Kumi Kumi, Süßkartoffeln, Mohrrüben, Pumpkin. Ein anderer mit Meeresfrüchten: Muscheln, Austern, Langusten, Scallops. Ein dritter mit

Geflügel: Hühnern, Truthähnen und einem Fasan. Ein vierter mit Fisch: Snapper, Kingfisch, Terakihi und Mahi Mahi. Und in den letzten kam die zerlegte Sau. Die Körbe wurden mit vereinter Kraft auf die Steine gewuchtet, mit Bananenblättern belegt und sorgfältig mit feuchten Leinentüchern abgedeckt.

Tom fotografierte eifrig für sein Tagebuch und staunte: »Wer soll das bloß alles essen?«

»Du wirst dich wundern, wie viele Freunde und Verwandte du plötzlich hast, wenn du einen Hangi ankündigst«, grinste Tipene. Er schnappte sich einen Spaten, drückte auch Tom einen in die Hand, und gemeinsam schaufelten sie die ausgehobene Erde auf die Leinentücher, bis der ganze Erdofen wie ein Hünengrab aussah.

»Geschafft«, freute sich Tipene. »In ein paar Stunden können wir essen.«

Sie gingen zum Strand hinunter, badeten und schwammen und spritzten sich nass wie übermütige kleine Kinder. Dann streckten sie sich auf dem heißen Sand aus und ließen sich von der Sonne trocknen.

»Du, Tipene«, begann Tom, als die anderen sich die Zeit mit einem Beach-Volleyballspiel vertrieben und sie allein waren, »ich muss dich etwas fragen. Wie ist das eigentlich mit Edward passiert?«

»Das weißt du doch.«

»Ich weiß nur, dass er einen Jagdunfall hatte. Das hast du mir selbst erzählt. Das Gewehr, das er unter seinem Regenmantel trug, war nicht gesichert ...«

»So stand es in der Zeitung.«

»Glaubst du das nicht?«

»Glauben ist nicht genug, Tom. Irgendetwas an dieser Darstellung stimmt nicht. Edward hatte den Unfall auf dem Weingut und nicht bei der Jagd.«

»Vielleicht war er hinter Kaninchen oder Wachteln her, die gibts reichlich auf dem Weingut.«

»Die werden mit Schrot geschossen. Edward hatte aber eine Kugel im Kopf. Warum?«

Tom hielt die Luft an. »Willst du damit sagen, dass es Mord war?«

»Nein.«

Tipene fuhr sich müde mit der Hand durch die Haare. Er überlegte, ob er seine Befürchtung, die nichts weiter war als ein Verdacht, preisgeben sollte. »Ich vermute …, ich glaube …, dass es …, dass es … es war Freitod. Ich bin mir ziemlich sicher.«

»Das ist ja furchtbar!«

»Ich weiß. Nur, *warum* hat er das getan? Warum hat er mir von seinen Sorgen und Nöten nicht erzählt? Ich war schließlich sein Freund.«

»Glaubst du, Richard und Elizabeth wissen das?«

Tipene zuckte mit den Schultern. »Welche Eltern wollen schon zugeben, dass ihr Kind nicht mehr leben will? Sie haben doch alles getan, damit es so wird, wie sie es sich wünschten.«

»Liza!«, rief Richard. »Maria hat vergessen, das Bier kalt zu stellen. Ich fahre mit Tom rüber in den R.S.A., und wir genehmigen uns einen Schluck.«

»Seid pünktlich zum Essen zurück. Der Thunfisch wartet nicht gern.«

Tom schaute an sich herunter. Er hatte Jeans und T-Shirt an, und seine Füße steckten in Plastiksandalen. Konnte er in dieser Aufmachung einen britischen Club betreten? Aus Film und Fernsehen kannte er diese noblen Räumlichkeiten, diese leicht angestaubten Säle aus Edelholz, in denen das weibliche Geschlecht verpönt war, wo sich ältere Herren mit Blazer, Krawatte und handgefertigtem Schuhwerk aufhielten, wo man in alten Ledergarnituren versank, die *Times* las und den Butler durch das leichte Heben einer Augenbraue aufforderte, den gewohnten Drink zu bringen.

Richard schien seine Bedenken zu erraten: »*No worries*, mach dir keine Gedanken. Es ist dort nicht so, wie du denkst. Sieh mich an.«

Über der Tür des einstöckigen Vereinshauses für Kriegsheimkehrer, das grau und unauffällig im Schatten eines Jakarandabaumes lag, hing ein Schild: *R.S.A. Returned Soldiers Association*. Im Eingang lag ein verblichenes Gästebuch. Tom wollte sich einschreiben, aber Richard zog ihn am Ärmel: »Das ist nicht nötig, du gehörst zur Familie.«

Sie betraten einen Raum, in dem Männer und Frauen

zusammen schnatterten und lachten. Einige spielten Karten, andere standen um einen münzenspuckenden Spielautomaten herum, wieder andere hockten an hohen Bar-Tischen und tranken schaumloses Bier aus Plastikkrügen, deren Inhalt zwei bayerischen Maß entsprach. An den Wänden hingen unzählige Militaria, Erinnerungen und Fotos an vergangene Kriege: den Ersten Weltkrieg, den Zweiten Weltkrieg, Gallipoli, den Koreakrieg, den Vietnamkrieg. Spitfires im Luftkampf, Bomberstaffeln im Einsatz, Medaillen, Auszeichnungen, Orden, Schlachtschiffe, Panzer und Heldenporträts, Soldaten, aufgereiht wie Schüler auf dem Klassenfoto nach bestandenem Abitur.

Tom staunte, so etwas hatte er noch nie gesehen. Vielleicht gab es in Deutschland ein Museum dieser Art, aber in einem Privatclub konnte er sich derartige Devotionalien nicht vorstellen. Man wäre sofort der rechten Szene verdächtig, ein Reaktionär, ein unverbesserlicher Nazi. Doch hier in Neuseeland schien es zum Leben dazuzugehören. Hier verstummten die Menschen nicht beim Anblick dieser Erinnerungen, sondern sie lebten mit ihnen, sie erinnerten sich an ihre Helden der Vergangenheit, die fürs Vaterland gestorben waren, und erfreuten sich an der friedlichen, paradiesischen Jetztzeit.

Als Tom wissen wollte, warum ausgerechnet Russell über eine solche Institution verfügte, erklärte Richard ihm, dass es in jedem noch so kleinen neuseeländischen

Ort einen R.S.A. gab. Ihn abzuschaffen, weil die Kriege lange zurücklagen, würde niemandem in den Sinn kommen.

Richard stellte einen Plastikkrug mit schaumlosem Bier vor Tom und sagte: »Cheers. Auf die deutsch-neuseeländische Freundschaft.«

»Auf die deutsch-neuseeländische Freundschaft. Prost!«

Der erste Schluck war der beste. Er war eiskalt und schmeckte herrlich malzig.

Tom sah sich im Raum um und betrachtete die vielen Erinnerungen. »Hängt hier irgendwo auch ein Foto von dir?«

»Nein, aber von meinem Vater. Dort. Er war in Nordafrika. Hat gegen Rommel gekämpft. Und in Korea. Wann immer England Soldaten aus seinem Empire braucht: Wir Neuseeländer sind zur Stelle.«

»Verrückt, was die Menschen sich antun«, sinnierte Tom.

»War dein Vater im Krieg?«, wollte Richard wissen.

»Nein, er war zu jung, zum Glück. Mein Großvater war in Stalingrad. Als er aus der Kriegsgefangenschaft nach Berlin heimkehrte, ist er sofort aus der Kirche ausgetreten. Der Pfarrer wollte natürlich den Grund wissen. *Wenn der liebe Jott so wat zulässt, wat ik jesehen hab,* hat er gesagt, *denn will ick zu dem Verein nich mehr dazujehören.«*

Richard stellte Tom Bekannten und Freunden vor,

die fast alle britischer Herkunft waren, und obwohl sie durchweg einer anderen Generation angehörten, fühlte Tom sich in ihrer Gesellschaft wohl. Er lernte den trockenen englischen Humor kennen, das stilsichere Flachsen, die gekonnten doppeldeutigen Wortspiele, das respektlose Mundwerk und die Kunst, über sich selbst zu lachen. Darin waren die Briten Meister!

Als einer der Gäste eine neue Runde schmeißen wollte, schaute Tom auf die Uhr und drängte: »Wir müssen los, Elizabeth wartet.«

Der ganze Tisch lachte. »Ihr Deutschen und die Pünktlichkeit. Kein Wunder, dass ihr so erfolgreich seid in der Welt.«

Auf dem Heimweg verlangsamte Richard die Fahrt auf einer Anhöhe, die eine besonders schöne Aussicht auf die Weinberge bot.

»Ich weiß nicht, wie es dir geht, Tom, aber dieser Blick macht mir immer das Herz weit. Siehst du, da hinten rechts ist der neue Weinberg, den wir zusammen angelegt haben.«

Tom schluckte. Wehmut erfasste ihn. In wenigen Tagen würde er die Robinsons, würde er Russell und Neuseeland verlassen. Er würde alles hinter sich lassen, was er in den letzten Wochen liebgewonnen hatte, was er schätzen gelernt hatte. Er würde fortgehen von den Menschen, deren unkonventionelle Art ihm imponiert hatte, von den Freunden im Bootsclub, den Boaties, die ihn in ihrer Mitte aufgenommen hatten, ohne Fragen zu stellen. Er würde dreißig Stunden im Flieger sitzen und danach in Deutschland landen. Und was dann?

Aus den bisherigen Urlauben mit seinen Eltern war er nicht ungern nach München zurückgekehrt. Die Enge der Hotelzimmer und das täglich vorgegebene elterliche Ausflugsprogramm hatten die Schule in ein freiheitliches Licht gerückt. Aber jetzt …?

Und plötzlich platzte es aus ihm heraus: »Richard, darf ich noch eine Weile bei euch bleiben?«

Richard trat so heftig auf das Gaspedal, dass die Hinterräder des Pick-ups durchdrehten. »Eine wunderbare Idee, Tom. Die hätte von mir sein können. Heb sie dir für den Nachtisch als Überraschung für Liza auf. Das muss gefeiert werden!«

Jeden Morgen freute sich Tom auf den reich gedeckten Frühstückstisch. Es gab Schinken, Rührei, Pfannkuchen und Obstsalat für die Männer. Elizabeth leistete ihnen Gesellschaft bei einer Tasse Tee und einem Stück Toast und verwöhnte sie mit ihrer Herzlichkeit. Obwohl die Trauer ein täglicher Begleiter im Hause blieb, war sie ein wenig aufgelebt, seit Tom sich entschieden hatte zu bleiben. Sie schien es zu genießen, dass jemand am Tisch saß, dem es schmeckte, der ihre Fürsorge lobte und sich bedankte. »Äußerlich geht es mir gut«, antwortete sie auf Toms zaghafte Frage, wie ihr denn so zumute sei, und gelegentlich konnte sie auch wieder lächeln. Einmal hatte Tom ihr eine Rose gepflückt und sie vor dem Abendessen heimlich auf ihren Teller gelegt.

»Richard«, rief sie erstaunt, »ich danke dir!«

Richard schaute verdutzt auf Tom, Tom schwieg verlegen. Da wusste Elizabeth bescheid, sie legte zärtlich einen Arm um seine Schultern und sagte: »Mein Junge, du bist ein Engel.«

Mittwochs ließ Richard es sich nicht nehmen, zum Golfspielen nach Waitangi zu gehen. Obwohl Tom ihn gern begleitet hätte, mochte er nicht darum bitten, denn Elizabeth sah in der Abwesenheit von Richard eine gute Gelegenheit, einen Nachmittag ganz allein mit ihm zu verbringen. Sie fuhren in ihrem eleganten Jaguar nach Kerikeri zum Einkaufen, und Tom durfte chauffieren.

»Verwöhn sie nicht so sehr, Tom, sonst muss ich die Tour später übernehmen«, warnte Richard spaßhaft. »Dann kann ich meine Golfrunde vergessen.«

Anfangs fuhren sie in ein großes Einkaufszentrum, beluden ihren Trolley mit dem Wochenbedarf und brausten wieder heim. Als Elizabeth jedoch merkte, dass Tom sich dabei langweilte und nur mitkam, um sie nicht zu enttäuschen, dachte sie sich eine interessantere Variante des Einkaufens aus. Orangen, Kiwis und Avocados pflückten sie selber auf den Farmen am Weg, Äpfel und Tomaten holten sie an einem *food stall*, einem primitiv zusammengezimmerten Verkaufstisch, wo man sich die Ware selbst aussuchte und das Geld in eine

Zigarrenkiste mit Schlitz warf, eine *honestybox*. Den Käse kauften sie direkt von einer Käserei, die hinter einem Sägewerk versteckt lag. Das Brot bei einem deutschen Bäcker, der sich hier zur Ruhe gesetzt hatte und einmal die Woche für den Bauernmarkt buk. Gelegentlich trafen sie Freunde und Bekannte und kehrten zu einer Erfrischung in eins der zahlreichen Cafés ein.

»Es ist schön, mit dir einzukaufen, mein Junge«, sagte sie, »wie in alten Zeiten.«

Tom fasste sich ein Herz: »Du meinst, mit … Edward?«

Elizabeth drückte seine Hand und nickte. »Ja, auch er mochte es.«

Für einen Augenblick schien der Bann gebrochen, und er konnte ein wenig offener über Edward reden.

»Schade, dass ich ihn nicht kennengelernt habe«, sagte er. »Er hat euch so viel bedeutet.«

»Ja. Ihr hättet euch gut verstanden.«

»Das glaub ich auch. Stimmt es eigentlich, dass er mir ähnlich sah? Ich bin schon einige Male mit ihm verwechselt worden.«

»Ihr seht euch nicht nur ähnlich, ihr habt die gleichen Gesten, und auch in eurer Art scheint ihr verwandt. Nur im Musischen unterscheidet ihr euch. Edward liebte die klassische Musik. Er komponierte sogar. Ohne Musik konnte er nicht leben.«

Tom horchte auf.

»Von wem hatte er die Begabung denn? Von dir? Oder von Richard?«

»Ich weiß es nicht. In keiner unserer beiden Familien spielte jemand ein Instrument. Es war und ist uns ein Rätsel.«

»Wie habt ihr überhaupt sein Talent entdeckt?«

»Edward war drei Jahre alt, als er zu Weihnachten eine Angel von Richard geschenkt bekam. Sie interessierte ihn nur ein paar Minuten, dann war es vorbei mit seiner Begeisterung. Fasziniert war er von einer kitschigen, aufziehbaren Spieluhr, die ihm seine Großmutter mitgebracht hatte. Auf dem Deckel drehte sich zur Musik ein hölzerner Engel um die eigene Achse. Edward war wie hypnotisiert. Er lief hinaus, zog ein weißes Nachthemd über und tanzte überglücklich mit dem Engel durch das festlich geschmückte Wohnzimmer. Ich kümmerte mich währenddessen in der Küche um den Weihnachtsbraten und bekam überhaupt nicht mit, was danach geschah. Richard war entsetzt, er befürchtete, sein Sohn sei homosexuell veranlagt. Er riss ihm die Spieluhr aus der Hand, Edward stürzte sich auf ihn, um sie zurückzuerobern, dabei fiel sie zu Boden, ein Flügel brach ab, zersplitterte, war irreparabel. Schließlich versteckte er sein Kleinod an einem geheimen Ort, das Malheur wurde vor mir verschwiegen, und ich sah die Spieluhr nie wieder.

Von diesem Tag an wünschte Edward sich *Flügel*. Keinen Kuchen, kein Bilderbuch, kein Dreirad. Er wollte, er träumte, er sagte nur noch: *Flügel.* Gern wollte ich ihm seinen Herzenswunsch erfüllen, und da ich von dem Unglück nichts wusste, ersteigerte ich zu seinem Geburtstag ein Piano, sehr zum Leidwesen von Richard, der es mir bis zum heutigen Tag nicht verziehen hat. Ich sehe noch jetzt vor mir, wie enttäuscht Edward war, als er vor seinem Geburtstagstisch stand und seinen Flügel suchte.«

Elizabeth machte eine kleine Pause, in der sie in Erinnerung zu versinken schien. Sie lächelte, aber hinter ihrem Lächeln schien eine tiefe Traurigkeit hervor. Sie schluckte kurz und fuhr fort: »Ich zeigte auf das Piano und sagte: *Da, da ist doch dein Flügel!* Er hatte Tränen in den Augen. *Und wo ist der andere?,* wollte er wissen. *Welcher andere?,* fragte ich verblüfft zurück. *Ein Engel braucht doch zwei Flügel zum Fliegen!,* sagte er. Ich setzte mich mit ihm auf den Drehstuhl, öffnete den Deckel der Klaviatur, nahm seine Hand in meine und schlug mit seinem Zeigefinger einen Ton an. Da wusste er, da begriff er, und später begriffen auch wir, dass man mit nur einem Flügel abheben und die Welt verzaubern kann.«

Tom wartete mit Ungeduld auf das Wochenende, um Sara im Bootsclub wiederzusehen, ihr die Neuigkeit mitzuteilen, dass er noch eine Weile bei den Robinsons bleiben würde. Doch sie war nicht da. Auch am nächsten Wochenende kam sie nicht. War sie verreist? Oder krank? Er fragte Tipene, ob er Näheres wüsste, aber der zuckte nur mit den Schultern. »Seit dem Tod von Edward macht sie sich rar, kommt nur noch selten hierher.«

»Waren die beiden befreundet?«, fragte Tom.

»Befreundet? Sie waren unzertrennlich! Haben stundenlang geredet, meistens über Musik. Wie man was zu spielen hatte, welche bekannten Interpreten gut waren und welche nur Eintagsfliegen. Sie kannten sie alle. Weiß der Kuckuck, wie sie alle hießen. Auf dem verstimmten Klavier da hinten haben sie vierhändig gespielt, weil der alte Robinson Sara nicht im Haus haben wollte. Sie lenke seinen Sohn vom Weingut ab mit ihrer Klimperei, hat er behauptet. War hier aber immer 'ne tolle Nummer, sobald die beiden loslegten. Wenn Edward 'ne neue Musik komponiert hatte, spielte er ihr das vor. Und wehe, sie wagte, ihn zu kritisieren, dann lief das Sensibelchen eine Woche mit hängenden Ohren herum – wie meine Jagdhunde, wenn sie was ausgefressen haben und ich sie dabei erwische.«

»Dann muss es die große Liebe gewesen sein«, sagte Tom.

»Das glaube ich nicht. Edward hat einzig und allein die Musik geliebt. Ich kann mir gar nicht vorstellen, dass sie jemals über was anderes als über Musik miteinander geredet haben. Und Sara ist irgendwie unnahbar. Die zeigt ihre Gefühle nicht. Für mich waren die beiden nur sehr gute Freunde.«

Diese Aussage gab Tom den Mut, Sara in ihrem

Häuschen zu besuchen. Die rote Tür war angelehnt, er hörte sie Klavier spielen. Fünf-, sechsmal die gleiche Passage, als übe sie etwas ein. Er lauschte. Immer wieder griff sie daneben, und wenn sie die richtigen Töne erwischte, stimmten die Tempi nicht. Selbst für sein ungeschultes Ohr klang es stümperhaft. Hatte Tipene nicht gerade erzählt, dass sie mit Edward vierhändig gespielt und alle begeistert hatte? Leise klopfte er an die Tür, Saras Kopf erschien um die Ecke, sie winkte ihm wortlos zu, hereinzukommen.

»Und jetzt das Ganze noch einmal«, sagte sie zu ihrer Schülerin, »diesmal vor Publikum.«

Das kleine Mädchen schien sehr nervös. Sie schüttelte mehrmals ihre Hände aus, um die Verkrampfung loszuwerden, rutschte unruhig auf dem Klavierbock hin und her und strich sich mehrfach ihren viel zu langen Pony aus der Stirn. Endlich begann sie zu spielen, viel zu laut, wie sie selbst bemerkte, erschrak, verhedderte sich im Tongeflecht und begann wieder von vorne. »Entschuldige, Sara«, sagte sie leise, »aber Edward hat mich ganz durcheinandergebracht.«

Dann stürmte sie hinaus.

»Mittwoch, vier Uhr«, rief Sara hinter ihr her, »und vergiss nicht zu üben.«

Sie klappte das Notenheft zu und begrüßte Tom: »Hi, was für eine schöne Überraschung. Entschuldige die Kleine. Sie weiß nichts von … Magst du einen Tee?«

»Gern.«

Sie verschwand in der Küche, und Tom hatte Zeit, sich umzuschauen. Das Zimmer, das er bei seinem ersten Besuch nur im Halbdunkel wahrgenommen hatte, war kein Wohnzimmer, in dem ein Flügel stand; es war ein Musikzimmer, in dem sich am Rande auch zufällig eine Sitzgelegenheit befand. Die Regale waren bis unter die Decke angefüllt mit CDs und Noten, Bildbänden und Programmen von Opernaufführungen, Biografien von Dirigenten, Komponisten und Interpreten sowie mit alten Stichen, Porträts und Fotos. Eines davon zeigte einen jungen Mann neben seinem Flügel stehend. Er hielt einen Blumenstrauß in der Hand und nahm den Applaus eines unsichtbaren Publikums entgegen. Unten stand eine Widmung: *Für Sara von Edward.* Edward! Zum ersten Mal sah Tom ein komplettes Bild von Edward, und er erkannte sofort, dass er die Szene in der Fiebernacht im Kaminzimmer nicht geträumt hatte. Es war frappierend, der junge Mann auf dem Foto hätte wirklich und wahrhaftig er selbst sein können, er glich ihm aufs Haar. Während er das Bild betrachtete, ging ihm durch den Kopf, dass Tipene sich vielleicht geirrt hatte und die Beziehung zwischen Sara und Edward doch enger gewesen war, als er vermutete? Hatte Sara ihn, Tom, vielleicht nur angesprochen, weil er aussah wie Edward? Weil er sie an ihren toten Liebhaber erinnerte?

»Das war im letzten Jahr«, sagte Sara und setzte das Tablett ab. »Er war ein großes Talent.«

»Ihr habt miteinander musiziert?« Tom versuchte, es beiläufig klingen zu lassen.

»Oft. Er war musikalisch hervorragend, hatte ein gutes Ohr. Löste Emotionen aus, berührte die Seele. Das Einzige, was ihm manchmal fehlte, war … war …«, sie suchte nach Worten, »war vielleicht technische Brillanz. Die ließe sich zwar erarbeiten, doch sein Vater hatte kein Verständnis für seine Leidenschaft. Er musste eigentlich immer heimlich üben, wenn Mr Robinson nicht zu Hause war. Das reichte natürlich nicht, um wirklich Spitze zu werden, und Mrs Robinson schaffte es wohl nicht, sich durchzusetzen.«

Tom erwiderte nichts. Er war in einem Haus ohne Musik aufgewachsen. Gespräche daheim hatten sich um den Alltag, Politik, Schule, Arbeit, Fußball und die steigenden Preise gedreht. Über den Zeitgeist einer Epoche hatte nur der Musiklehrer doziert, nur welchen Schüler interessierte das schon?

Um nicht dumm dazustehen, lenkte er ab und zitierte, was er in seinem Reiseführer gelesen hatte: »Neuseeland ist jung, es wurde erst vor zweihundert Jahren von den Europäern entdeckt. Die Maori kannten Bach und Brahms nicht, und die ersten Siedler hatten anderes im Sinn als Musik.«

Sara lachte: »Das ist wahr, Tom. Doch man muss nicht in Europa geboren sein, um europäische Musik verstehen zu können.«

Sie deutete auf eine Fachzeitschrift mit dem Bild eines japanischen Dirigenten.

»Ach so, du willst damit sagen, dass die Asiaten nicht nur wirtschaftlich auf dem Vormarsch sind.«

»Stimmt. Edward ist kurz vor seinem Tod noch nach Auckland gefahren, um einen jungen, unbekannten chinesischen Pianisten zu treffen, der dort ein Klavierkonzert gab. Er kam sehr deprimiert zurück. Der Chinese war erst 16 Jahre alt und spielte die *Goldberg-Variationen* auf einem Flügel so fantastisch, so einfühlsam und vollkommen, dass Edward es gar nicht fassen konnte. Er wusste, neben der Arbeit im Weinberg würde er das nie schaffen.«

»Hat er ihn angesprochen? Haben sie miteinander geredet? Hat er ihn gefragt, wo er das gelernt hat?«

»Der junge Pianist erzählte ihm voller Stolz, in seinem Heimatland sei er nicht der einzige erfolgsversprechende Nachwuchskünstler. Seit der steilen Karriere von Lang-Lang hätten in den letzten Jahren viele junge Chinesen das Klavierspiel entdeckt. Laut einer Statistik hätten sich rund zehn Millionen junge Menschen dort der klassischen Musik verschrieben. Sie beschäftigten sich mit nichts anderem als mit ihrer Musik und übten täglich etliche Stunden, kasteiten sich regelrecht. Die Eltern lebten oft äußerst bescheiden und opferten alles im Leben, um das Talent ihres Kindes zu fördern.«

»Da hättest du gut zu tun«, meinte Tom trocken.

Es klopfte an der Tür, und ein Junge mit einem Surfbrett und einem zerknitterten Notenheft unter dem Arm kam herein.

»Hi, Sara. Ich hoffe, ich bin nicht zu spät.«

»Nein, bereite dich vor. Ich bin gleich bei dir.«

Sie erhob sich und verabschiedete Tom: »Du siehst, ich habe auch ohne China genug um die Ohren.«

»Danke für den Tee. Darf ich wiederkommen?«

»Gern.«

Beschwingt ging er zum Parkplatz und lauschte noch ein paar Minuten den verzweifelten Anstrengungen des Musikeleven. Dann ließ er den Motor an und brauste davon.

Sara hatte immer geglaubt, mit beiden Beinen auf der Erde zu stehen, ihr Leben im Griff zu haben – bis Edward fortgegangen war, ohne sich zu verabschieden.

Sie vermisste ihn, die Gespräche mit ihm, seine Freundschaft, seine Schrullen, seine Lebensuntüchtigkeit. Wie oft hatte sie ihm zugeredet, sich unabhängig zu machen, seinen eigenen Weg zu gehen und sich selbst zu verwirklichen. Aber dazu war er zu schwach gewesen, er hatte Angst gehabt, sich von den Eltern zu lösen, zu scheitern. Er zweifelte an seinem Können und misstraute seinem Durchhaltevermögen, sich in der Musikwelt zu behaupten.

Je schwächer er war, desto stärker wurde Sara. Deshalb suchte er immer wieder ihre Nähe, ihren Halt, ihren Rat. Die Hoffnung, dass aus dieser Verbundenheit eines Tages Liebe erwachsen würde, erfüllte sich nicht, denn die Liebe braucht die Freiheit.

Als Edward erkannte, dass sich Traum und Wirklichkeit immer weiter voneinander entfernten, entfloh er in den Tod.

Das Einzige, was er Sara hinterlassen hatte, war ein Kuvert, in dem eine herausgerissene Buchseite mit einem Rilke-Gedicht lag, sonst nichts.

Der Tod ist groß, wir sind die Seinen,
lachenden Munds.
Und wenn wir uns mitten im Leben meinen,
wagt er zu weinen.
Mitten in uns.

Äußerlich war sie nach seinem Tod unverändert geblieben, wollte keine Trauer zur Schau stellen, wollte Stärke und Unabhängigkeit beweisen. Sie gab fast doppelt so viele Klavierstunden wie zuvor. Die Arbeit betäubte, war eine gute Tarnung. Bis eine Schülerin sie fragte, warum sie nur noch traurige Stücke spielten.

Da hatte sie sich aufgerafft und war in den Bootsclub gegangen, um wieder unter Menschen zu sein. Und war *ihm* begegnet. Wie eine Fata Morgana hatte er an der Theke gelehnt. Es war nicht Edward, konnte es nicht sein. Und dennoch stand er dort. Die gleichen Augen, Haare, der gleiche Mund, die Nase, das Kinn, die Hände, selbst die Körpersprache stimmte überein. Edward hatte nie gewusst, wohin mit seinen Händen. Sie hatten haltlos an seinen Armen gehangen, er hatte versucht, sie in seinen Hosentaschen zu verbergen, und hielt es doch nicht lange aus. Kreuzte er sie vor seiner Brust, sah es aus, als wolle er eine Barriere zwischen sich und seinen Mitmenschen errichten. Also verschränkte er sie hinter dem Rücken, wo sie sich gegenseitig Halt gaben. Erst als Sara ihn darauf aufmerksam machte, dass dies die Haltung der Offiziere und Diplomaten war, ließ er sie wieder schlaff herunterbaumeln, links und rechts von der Hosennaht. Gelegentlich setzte er sich auf seine Hände. Dann waren sie verschwunden, das Problem gelöst. Am liebsten aber, am sichersten bewegten sie sich auf der Klaviatur, da liefen sie so selbstverständlich, so zart, so kraftvoll oder auch so langsam, wie er es ihnen einflüsterte. Dann verschwand der Mensch Edward hinter seinen Händen, und es machte ihm nichts aus, dass sein Publikum sie fixierte und bewunderte. Doch kaum erhob er sich vom Hocker und verließ das Klavier, hingen sie wieder an ihm herunter, als gehörten sie nicht zu ihm.

Tom hatte nicht nur äußerlich große Ähnlichkeit mit Edward. Er konnte auch zuhören wie Edward, was Sara bei vielen anderen Männern vermisste. Tom und Edward waren beide introvertiert, Konfrontation war ihnen fremd. Sie beobachteten die Welt mit kritischen Augen, und sobald ihnen etwas missfiel, hielten sie nicht dagegen, sondern den Mund. Sie bewegten sich ruhig, mit Bedacht und konnten den ganzen Abend auf einer Party sein, ohne bemerkt zu werden.

Was die beiden unterschied, war die Liebe zur Musik. Edward lebte für die Musik, unterwarf jede freie Stunde, die er nicht im Weinberg verbringen musste, seinem Lebenstraum, Pianist zu werden. Wäre nur sein Vater nicht gewesen …

Tom spielte kein Instrument. Schade.

Die Arbeit im Weingut fiel Tom immer leichter. Hatte er anfangs noch unter Muskelkater und einem verspannten Rücken gelitten, so konnte er bald darüber lachen. Er war so fit wie noch nie in seinem Leben und hatte das Gefühl, gebraucht und geschätzt zu werden. Richard überließ ihm Entscheidungen, ließ ihn laufen, ließ ihn Dinge ausprobieren, ließ Fehler zu, die er dann einfühlsam korrigierte.

Thomas bohrte Loch um Loch für die neuen Rebstöcke: pro Acre, das heißt pro viertausend Quadratmeter, tausend Löcher, jedes vierzig Zentimeter tief, zwanzig Zentimeter im Durchmesser.

»Ich komme mir bald vor wie ein Maulwurf«, sagte er zu Richard.

»Sei froh, dass du in Neuseeland bist, hier gibt es genug Grund und Boden. In Deutschland müsstest du für die gleiche Fläche viertausend Löcher buddeln.«

Irgendwann waren alle Pfähle gesetzt, alle Drähte gespannt. Jetzt wurde die Arbeit abwechslungsreicher und spannender: Neue Rebstöcke wurden gesetzt. In seinem ganzen Leben hatte Tom sich noch nie mit Pflanzen beschäftigt. Wer im dritten Stock einer Etagenwohnung aufwächst, pflanzt keine Bäume, das verrichten eher die Politiker für die Medien oder die Förster im Film. Die Geranien auf dem Balkon und die Blumen auf Opas Grab waren die Sache seiner Mutter. Und an der Hecke vor dem Haus durfte nur der Hausmeister herumschnippeln.

Jetzt aber bepflanzte Tom eigenständig einen Weinberg, tausend Rebstöcke sollten es werden. Sie waren klein, zart und schutzbedürftig, waren seine Babys und erfüllten ihn mit Stolz. Hatte er bisher seinen Eltern in Deutschland nur kurze Mitteilungen über sein Befinden geschickt, so verfasste er nun ausführliche Berichte über die Fortschritte seiner Schützlinge und schickte Fotos. Auf einmal machte ihm das Briefeschreiben Spaß, weil er etwas zu erzählen hatte: Er schilderte, wie er ein Kaninchen erschossen hatte, ohne Gnade, weil es sich über seine Reben hergemacht hatte. War ihnen bekannt, dass der Sauvignon Blanc ursprünglich aus Frankreich kam, dem Loire-Tal, aus dem auch der Vater einige Flaschen im Keller hatte? Und wussten sie eigentlich, dass Weißwein ausschließlich aus dem Saft der Trauben hergestellt wurde, während Rotwein mit Haut und Kernen vergoren wurde? Zum ersten Mal wagte er einen Blick in die Zukunft und schrieb von seiner Hoffnung, dass die erste Lese schon in drei Jahren sechzig Prozent einbringen und im vierten Jahr der Stock voll tragen würde. Ihm lag viel daran, seine Eltern wissen zu lassen, dass er etwas erreicht hatte im Leben, dass ihre Unterstützung und ihre Sorge um ihn nicht umsonst gewesen war, dass er ihnen dankbar war und sie Grund hatten, stolz auf ihn zu sein.

Richard war begeistert von Toms Interesse, seinem Eifer und seinem Ehrgeiz. Der Junge gefiel ihm mit jedem Tag besser. Wenn er etwas nicht verstand, fragte er. Das hatte Richard ihm am Anfang nicht zugetraut. Damals hatte er kaum den Mund aufbekommen, aber da haperte es ja auch noch mit dem Englisch. Er beobachtete ihn unauffällig und freute sich über sein Bemühen, es ihm recht zu machen, während er trotzdem versuchte, einen eigenen Weg zu finden. Eigentlich hatte er sich immer einen Sohn genau wie Tom gewünscht und erträumt. Das Schicksal hatte es nicht zugelassen, hatte seine Pläne zunichte gemacht.

»Worüber grübelst du?«, fragte Elizabeth, die ihn am Küchentisch hocken sah, seinen Kopf in beide Hände gestützt.

»Liza, du kennst doch den Spruch *Nimm die Dinge, wie sie sind.*«

»Natürlich. Obwohl du dich selten daran hältst. Du versuchst immer, deinen dicken Kopf durchzusetzen.«

»Bei Edward ist mir das nicht gelungen.«

»Darin seid ihr euch ähnlich gewesen.«

Wie so oft trieb ihr schon die Erwähnung von Edwards Namen Tränen in die Augen, und sie schwieg. Richard wusste ohnehin, was in ihr vorging.

»Liza, wir müssen uns irgendwann an die Tatsache gewöhnen, dass Edward nicht mehr bei uns ist. Dass er nie mehr zurückkommen wird. Aber damit ist er doch nicht ausgelöscht! Er wird immer in unseren Herzen sein, solange wir leben. Das weißt du doch.«

Elizabeth nickte tapfer und wischte energisch ihre Tränen fort.

»Du hast ja Recht!«

»Ich frage mich, ob das Leben ein Zufallsprodukt ist wie die Evolution. Würfelt das Schicksal? Wenn man Glück hat, kommt eine Sechs, wenn man Pech hat, eine Eins? Oder ist unser aller Schicksal von Anfang an festgeschrieben, gleichsam genetisch verankert, unumstößlich?«

»Zu welchem Ergebnis bist du gekommen?«

»Ich glaube, es gibt beide Möglichkeiten. Akzeptiert man die Allmacht des Schicksals, dann ist man fatalistisch und verzichtet auf eine freie Lebensgestaltung. Man weint, trauert, lässt die Flügel hängen, sitzt in der Kirche und gibt Ihm die Verantwortung: *Der Herr hats gegeben, der Herr hats genommen. Der Name des Herrn sei gelobt.*«

»Aber der Glaube an Gott gibt den Menschen Kraft,

ihr Schicksal zu ertragen«, verteidigte Elizabeth das Wort, das gerade ihr geholfen hatte, an Edwards Tod nicht zu zerbrechen.

Richard beachtete ihren Einwand nicht, er war zu sehr in seine eigenen Gedanken verwickelt: »Ist das Schicksal jedoch eine Spielernatur, hat man eine Chance mitzuspielen. Wie beim Poker. Selbst wenn man schlechte Karten hat, kann man gewinnen. Man darf sich nur nicht bluffen lassen.«

Elizabeth sah ihren Mann fragend an. Sie wusste nicht, worauf er hinauswollte. »Woher willst du denn wissen, ob das Schicksal allmächtig ist oder ein Spieler?«

»Das weiß ich nicht, das weiß niemand. Egal, wofür ich mich entscheide, die Chancen stehen 50:50. Und weil ich eine Kämpfernatur bin – sonst wäre ich nicht selbstständiger Winzer –, glaube ich, dass das Leben ein Spiel ist. Ein Kampfspiel.«

»Sag mal, warum erzählst du mir das eigentlich alles?«

»Das Schicksal hat uns Edward geraubt, Liza. Das ist unumkehrbar. Damit ist dieses Spiel vorbei, aus. Wir sind zu alt, um noch einmal einen Sohn zu zeugen. Vielleicht bedauert das Schicksal diesen Schachzug im Nachhinein? Wer weiß? Es spielt sich schlecht mit jemandem, der schachmatt gesetzt wurde. Wenn es aber trotzdem weiterpokern will, dann wird es uns eine neue Chance geben müssen. Ich bin zu der Überzeugung gekommen, dass es uns deshalb Tom geschickt hat. Wir sollten ihn annehmen wie einen Sohn.«

Elizabeth schaute ihn mit großen Augen an, während er fortfuhr: »Wir haben ihn beide lieb gewonnen. Wir könnten ihm eine Ausbildung als Winzer anbieten. Das wäre eine Lösung für alle. Ich könnte jemanden wie ihn gebrauchen, wir hätten wieder eine Familie, und er hätte eine Zukunftsperspektive.«

Elizabeth schwieg.

»Ich weiß, Liebes, Tom ist kein Ersatz für Edward, wird es niemals sein, aber vielleicht …, vielleicht …«

Er griff zum Weinglas und leerte es in einem Zug.

»Was hältst du davon, wenn wir ihn adoptieren?«

Sprachlos saß Elizabeth ihm gegenüber und erinnerte sich wieder an die verrückte Alte, die ihnen am Hochzeitstag zwei Söhne geweissagt hatte. Sie schwieg lange, um den ungeheuerlichen Gedanken zu fassen, der ihr jedoch nicht ganz fremd war. Auch ihr war diese Möglichkeit schon durch den Kopf gegangen, nur hatte sie nicht den Mut aufgebracht, dies zu Ende zu denken.

Schließlich stand sie auf und nahm Richard in den Arm: »Lass es uns versuchen.«

Jeden Nachmittag fanden Richard und Tom sich am Ende eines langen Arbeitstages zu einem Sundowner auf der Terrasse ein. Sie ließen den Tag Revue passieren und besprachen das Programm für den nächsten.

»Gefällt es dir eigentlich bei uns?«, fragte Richard ihn eines Tages.

»Wie könnte es mir nicht gefallen! Ich wohne in einem wunderschönen Haus, ihr verwöhnt mich nach Strich und Faden, ich darf segeln, angeln, auf die Jagd gehen. Ich habe nette Freunde. Ich habe das Gefühl, ein neuer Mensch zu sein. Von so einem Leben kann man eigentlich nur träumen.«

»Das meine ich nicht«, wandte Richard ein, »ich würde gern wissen, wie dir die Arbeit im Weinberg gefällt.«

»Ach so. Ja, also die Arbeit macht mir Spaß. Ich dachte, das wüsstest du. Ich habe noch nie so viel körperlich geschuftet wie hier und kannte Muskelkater nur vom Sport. Es macht mich glücklich …« Er zögerte kurz. »… Allerdings beunruhigt es mich zugleich. Ich fürchte, durch diese Zeit bei euch bin ich für eine Beamtenlaufbahn, wie mein Vater sie gern sähe, versaut.«

»Ich glaube, mich daran zu erinnern, Tom, dass du nach Neuseeland gekommen bist, um dir darüber klar zu werden, was du später im Leben einmal beruflich machen willst, stimmts?«

Tom nickte.

»Könntest du dir vorstellen, Winzer zu werden?«

»Du wirst lachen, derselbe Gedanke ist mir neulich auch schon gekommen, nur …«

»Was nur?«

»Mein Großvater pflegte zu sagen: *Die Phönizier haben das Geld erfunden, nur leider nicht genug.*«

»Du musst ja nicht gleich ein Weingut *kaufen*, du kannst zunächst als Weinbautechniker auf einem Weingut arbeiten.«

»Davon versteh ich zu wenig, Richard.«

»Du könntest es lernen.«

»Ich bezweifle, dass mein alter Herr mir eine solche Ausbildung finanzieren würde. Woher hast du denn deine Kenntnisse?«

»Von meinem Vater. Und er von seinem.«

»Das Glück habe ich nicht. Bei uns in der Familie gibt es weit und breit keinen Winzer und erst recht kein Weingut.«

»Was würdest du davon halten, hier zu bleiben und eine Lehre bei mir zu machen?«

Tom starrte ihn mit offenem Mund an. »Soll das ein Witz sein?«

»Nein. Wenn der Weinberg, den wir zusammen angelegt haben, in drei bis vier Jahren trägt, wärest auch du fertig und würdest deine Gesellenprüfung machen. Danach könntest du deine theoretischen Kenntnisse entweder auf einer Fachhochschule für Önologie vervollkommnen und als Diplom-Ingenieur abschließen. Oder du könntest gehen, wohin du willst. Nach Australien, Südafrika, Kalifornien, Chile. Gute Winzer werden überall auf der Welt gebraucht.«

»Ich … ich …« Tom suchte nach Worten. »Mein Visum läuft bald ab.«

»Das lass nur unsere Sorge sein.« Richard räusperte sich und machte eine längere Pause, als müsste er überprüfen, was er sagen wollte. Er sah noch einmal zu seiner Frau hinüber, sie nickte.

»Liza und ich haben uns Gedanken über deine Zukunft gemacht. Könntest du dir vorstellen, unser … Sohn zu werden? Wir würden dich gern adoptieren.«

»Ich, ich …«, stotterte Tom, »ich weiß nicht …, ich habe doch Eltern …«

»Du verlierst sie ja nicht. Lass dir Zeit mit der Antwort, mein Junge. Überleg es dir. Du sollst nur wissen, dass wir uns sehr freuen würden. Du würdest uns glücklich machen. Und ich glaube, dass auch du bei uns glücklich werden könntest.«

Dieses unfassbare Angebot warf Tom völlig aus der Bahn. Er kam sich vor, als hätte er den Jackpot im Lotto gewonnen, dürfte aber niemandem davon erzählen. Richard hatte ihn gebeten, es für sich zu behalten, solange seine Antwort ausstand. Am liebsten wäre er sofort auf die Straße gelaufen und hätte es laut verkündet. Er hatte nicht gern Geheimnisse. Schon als kleiner Junge war es ihm schwergefallen, die Weihnachtsgeschenke für seine Eltern geheim zu halten. Zwei Wochen vor Heiligabend lagen die Kostbarkeiten, die er für sie gemalt und gebastelt hatte, in Weihnachtspapier verpackt in der Schublade, und keiner außer ihm selbst durfte den Schrank öffnen. Bei einem Besuch im Amt seines Vaters hatte er zuvor ein Schild an der Tür gelesen: *Privat. Zugang für Unbefugte verboten.* Das hatte er sich gemerkt, hatte es mit einem dicken Rotstift auf einen Zettel geschrieben und nun an seine Tür geklebt. Niemand durfte wissen, was sich dahinter verbarg. Doch schon bald hatte er es nicht mehr ausgehalten, das Geheimnis für sich allein zu hüten, und so ließ er seine Eltern raten: »Was glaubt ihr wohl, wird der Weihnachtsmann euch bringen, wenn ihr brav seid?«

Das war hier und jetzt in Russell natürlich nicht möglich. Er durfte keiner Menschenseele von seinem sagenhaften Glück erzählen. Das Einzige, was dazu fehlte, war sein Ja.

Dann wäre er der Erbe eines einmaligen Weinguts und großen Vermögens! Er kam sich vor wie im Film.

Für kurze Zeit schwebte er wie auf einer Wolke vor Begeisterung. In der Nacht konnte er nicht schlafen, und schon bald mischten sich Zweifel in seine Erregung, verunsicherten ihn. Er verlor seine gerade gewonnene Selbstsicherheit und begann zu grübeln. Es ging alles so schnell.

Erst gestern hatte er die Schule verlassen, sich von den Eltern gelöst, war zum ersten Mal in seinem Leben allein auf eine lange Reise gegangen, mit Bauchschmerzen. Er hatte keine Ahnung gehabt, wie es sich anfühlte, den Tag selber zu gestalten. Langsam, ganz langsam hatte er sich freigeschwommen. Die Entfernung zu Europa, die neue Sprache, das lockere Selbstverständnis, die Offenheit der Menschen in dem neuen Land hatten es ihm leicht gemacht.

Richard und Elizabeth hatten ihn wie einen Freund aufgenommen. Aber jetzt wollten sie ihn adoptieren. Akzeptierte er, wäre er nicht mehr Freund, sondern Sohn. Ersatzsohn. Er hätte den Himmel auf Erden, aber er stünde auch in der Pflicht, müsste alles tun, um diesen wunderbaren Besitz zu erhalten. Sein Leben wäre vorgezeichnet, es gäbe kein Zurück. Lehnte er hingegen ab – was wäre dann?

Dann wäre er in wenigen Tagen zurück in München. Seine Eltern würden wissen wollen, wie er sich seine Zukunft vorstelle, denn Zeit genug zum Ausruhen und zum Überlegen habe er ja nun gehabt. Auf jeden Fall würde sein Leben in ausgetretenen Bahnen verlaufen, egal ob er ein Studium beginnen oder eine Beamtenlaufbahn wie sein Vater einschlagen würde. In die Pflicht genommen würde er hier wie dort.

In Russell liebte er seine Arbeit, die Menschen, er mochte die Weite des Landes, das riesige Weingut, auf dem sich das Haus zwischen Weinstöcken versteckte, die breite Holzveranda, auf der er mit Richard nach getaner Arbeit seinen täglichen Sundowner trank, sein hohes Zimmer mit den unerreichbaren Spinnweben.

In Deutschland stellte er sich eine enge Studentenbude vor, in der er hausen würde, danach vielleicht ein gemietetes Reihenhaus und, wenn alles gut lief, später ein Einfamilienhäuschen mit kleinem Rasenstück, das er in Eigenregie bauen müsste.

Tom stürzte sich noch mehr in die Arbeit, um nicht darüber nachdenken zu müssen und damit eine Entscheidung hinausschieben zu können. Er begann die Nächte zu fürchten, die wiederkehrenden Albträume, in denen er nackt in den Zeugenstand gerufen wurde. Links saßen seine Eltern, der Vater vermaß steinernen Gesichts den Gerichtssaal mit einem Theodolit, die Mutter weinte und schnäuzte sich in weiße Tücher. Ihnen gegenüber kauerten Richard und Elizabeth stumm auf einem Sarg.

Die Rechtsvertreter beider Familien hielten Plädoyers. Der deutsche Anwalt der Familie Wagner weckte Erinnerungen, schilderte in den leuchtendsten Farben das Gestern, die Herkunft, die Familie, die Tradition. Der Jurist, der die Robinsons vertrat, bezog sich auf das Morgen, die sorgenfreie finanzielle Zukunft, den wunderbaren Besitz.

Der Richter stand auf und verlangte mit erhobenem Zeigefinger von Tom: »Entscheide dich!«

Tom vermochte sich nicht zu rühren. Das Gewicht der Wahl brach ihm fast das Rückgrat. Plötzlich tauchte Katharina in einem verführerischen Kleid mit tiefem Dekolleté im Gerichtsaal auf und setzte sich auf die

Bank neben seine Eltern. Tom sprang von seinem Sitz, versuchte seine Scham mit beiden Händen zu bedecken, öffnete die Lippen, wollte sprechen. Klaviermusik ertönte. Auf der Empore saß Sara an ihrem Flügel und schaute ihn mit großen Augen an.

Es war schrecklich. Immer, wenn er unmittelbar vor einer Entscheidung stand, wachte er auf. Schweißgebadet. Ratlos. Gelegentlich gelang es ihm, wieder einzuschlafen, doch statt weiterzuträumen, einen Schluss herbeizuführen, begann der Traum von vorn. Wieder und wieder stand er vor Gericht, nackt, schutzlos, geknebelt, gefesselt, hörte sich die Argumente beider Eltern an, Katharina und Sara kamen und gingen, manchmal auch Tipene. Niemals Edward. Er fragte sich, warum Edward sich nicht sehen ließ. Konnte er nicht aus dem Sarg aussteigen, auf dem die Eltern hockten? Oder wollte er unsichtbar bleiben, um Tom nicht zu beeinflussen? Tom hätte ihn zu gerne gefragt, wie er an seiner Stelle gehandelt hätte. Edward war doch wie ein Zwilling, zumindest äußerlich. Er hätte ihm helfen können, ja müssen! Zwillinge helfen einander, es heißt, der eine Zwilling weiß intuitiv, wenn der andere in Not ist. Oder galt das nur, wenn sie dieselben Eltern hatten? Aber das hätten sie ja, wenn er sich für eine Adoption entscheiden sollte.

Seit dem Angebot der Robinsons hatte sich Tom den Kopf zerbrochen, wie er seinen leiblichen Eltern die Nachricht überbringen sollte. Er hätte sie gerne um

Rat gefragt, ihnen seine Beweggründe erklärt, doch alle Formulierungen, die er sich zurechtgelegt hatte, gerieten ihm zu schal, es gelang ihm nicht, das auszudrücken, was er wirklich empfand. Vor allen Dingen wollte er vermeiden, sie zu verletzen. Er liebte sie schließlich! Hatte er ihnen das eigentlich jemals gesagt?

Jeden Abend entwarf er einen Brief, aber wenn er ihn noch einmal durchlas, fand er ihn indifferent und gefühllos. Er zerriss ihn und verschob den nächsten Versuch auf den folgenden Tag. Je länger er grübelte, desto deutlicher wurde ihm bewusst, dass seine Eltern der eigentliche Anlass waren, warum er sich so schwer tat mit einer Entscheidung. Wie sagte man seinen Eltern, dass sie nicht mehr Eltern sein sollen? Dass jemand anderes ihre Rolle übernehmen werde? Dass man sein weiteres Leben fern von ihnen am anderen Ende der Welt verbringen würde?

Die Antwort des Vaters glaubte er zu kennen. Er würde sich ganz auf den praktischen Teil des Antrags konzentrieren. »Junge, überleg dir das gut. Die private Weinwirtschaft ist hart, und die globale Konkurrenz ist immens. Wer weiß, wie lange das gut geht. Vielleicht wirst du arbeitslos. Als Beamter hättest du ...«

Die Mutter würde versuchen, tapfer zu sein und ihre Gefühle zu verbergen. »Du bist alt genug, um zu wissen, was richtig für dich ist«, würde sie sagen. »Hauptsache, du wirst glücklich.«Die Meinung der Robinsons kannte er. Richard sah alle Dinge aus der Vogelperspektive, gab präzise Anweisungen und war es gewohnt, sie befolgt zu wissen. Es lag in seinem Wesen, dass andere sich ihm unterordneten. Er wollte einen Sohn, der ähnlich dachte und handelte wie er selbst, der arbeiten konnte und dem das Weingut eine Herzensangelegenheit war, der die Tradition der Familie fortsetzte. Er wollte einen Nachfolger. Tom mochte ihn in seiner Gradlinigkeit, in seiner Offenheit. Bei ihm wusste er immer, woran er war.

Und Elizabeth sah in Tom den verlorenen Sohn, der ihr vom Schicksal geraubt worden war. Für sie war Tom der Ersatz für Edward, ein amusisches Duplikat zwar, aber sie schätzte, verwöhnte und umsorgte ihn trotzdem. Sie war immer für ihn da, aufopfernd, einfühlsam. Sie nannte ihn nie bei seinem Namen, Tom war und blieb für sie insgeheim Edward und um ihn nicht zu verärgern, nannte sie ihn *mein Junge*.

Tom war verzweifelt. Alle Überlegungen hatten ihn keinen Schritt weiter gebracht. Das Einzige, was ihm klar geworden war: Es war *sein* Leben, *er* allein musste sich entscheiden.

Es gab zwei Wege. Wenn er die Adoption ablehnte, würde er an die Stätte seiner Geburt zurückkehren, wie die Lachse im Meer es tun, würde in Kürze sein Elternhaus verlassen, würde für eine Beamtenlaufbahn vielleicht in eine andere Stadt ziehen, in eine eigene Studentenbude, würde Abstand nehmen von dem häuslichen Umfeld, der Familie, der Gewissheit, immer eine warme Mahlzeit und frische Wäsche vorgesetzt zu bekommen, würde versuchen müssen, auf eigenen Füßen zu stehen und erwachsen zu werden. Wenn er die Adoption akzeptierte und in Neuseeland bliebe, wäre es genau umgekehrt. Er bekäme eine neue Familie, würde in sie hineinwachsen, wäre Mitglied dieser Familie bis zu ihrem Tod und würde mit den Adoptiveltern in einem Haus leben, unter demselben Dach. Diese Tatsache wäre verlockend und bequem, aber sie ängstigte ihn.

Wäre es nicht vernünftiger, in die Heimat zurückzukehren? Zu den Eltern? Zu Katharina womöglich? Doch was war los mit Katharina? Er hatte nie mehr von ihr gehört, wahrscheinlich hatte sie längst einen anderen. Außerdem war seine berufliche Zukunft in Deutschland immer noch ungelöst. Was sollte er dort tun? Er sah sich mit dreißig, vierzig, sechzig Jahren als gehobener Beamter in einem nüchternen Büro sitzen und Akten wälzen, deren Probleme ihn wenig interessierten, und schon der Gedanke an die winterliche Dunkelheit, monatelanges Kunstlicht, die Grippewellen und die trockene Luft der Zentralheizung erzeugte bei ihm eine Gänsehaut.

In Neuseeland hatte er Perspektive, Sicherheit, Zukunft, und er hatte Sara, die Katharina immer mehr aus seinem Bewusstsein verdrängte. So wie die Schatten in der Dämmerung allmählich immer länger werden, bis sie ganz verschluckt sind, so schwand seine Erinnerung an das Erlebnis jener einen Nacht.

Er hatte sich Hals über Kopf in Sara verliebt, versuchte sie so oft wie möglich in seiner Freizeit zu sehen. Aber obwohl sie stets liebenswürdig war, blieb sie reserviert und bewahrte Abstand. Manchmal lächelte sie ihn wie aus weiter Ferne an, als hüte sie ein Geheimnis. Zum Abschied gab sie ihm stets einen flüchtigen Kuss auf die Wange. Um mehr zu erzwingen, war er zu schüchtern oder zu anständig. Er wusste nicht, was sie für ihn empfand, und konnte nur hoffen, dass sie eines Tages seine Gefühle erwidern würde.

Am Wochenende half er Tipene, dessen Motorboot von Muscheln zu befreien und diesem den jährlichen Unterwasseranstrich zu geben. Es war eine stundenlange Schleiferei, die sehr durstig machte und ebenso viele Dosen Farbe wie Bier kostete. Als sie das Boot zu Wasser ließen, schnellte ein Fisch, der von einem hungrigen Kormoran gejagt wurde, aus den Wellen und landete zappelnd im Cockpit. Tipene hob ihn auf und warf ihn in einen Eimer. »Gut für die Suppe«, freute er sich und fügte lapidar hinzu: »So ist das Leben. Egal, was du tust, die Stunde deines Todes liegt fest.«

Tom schaute ihn skeptisch an. »Was meinst du damit?«

»Der Fisch wollte leben, sich durch einen Sprung aus dem Wasser vor dem Kormoran retten, der ihn fressen wollte, und landete … in meinem Kochtopf.«

Tom lachte. »Dieser Fisch war wirklich ein Pechvogel.«

»Ach was. Das hat mit Pech oder Zufall nichts zu tun«, meinte Tipene. »Es war sein Schicksal. Der Tod hat hier auf ihn gewartet.«

»Wir müssen alle sterben, Tipene, das ist klar, aber wir können unser Schicksal mitbestimmen. Jeder ist seines Glückes Schmied. Wir können beeinflussen, wie unser Leben läuft.«

»Nur den Zeitpunkt können wir nicht beeinflussen, wann es zu Ende ist. Der steht fest, auch wenn ihr *pakehas*, ihr Europäer, das nicht glauben wollt. Mein Großvater hat mir vom Krieg erzählt. Die Soldaten an der Front wussten oft im Voraus, dass sie sterben mussten. Sie saßen alle putzmunter zusammen, spielten Karten, soffen ein bisschen, und plötzlich wurde einer von ihnen ganz still, stand auf und versank in tiefe Nachdenklichkeit. Alle im Raum, im Schützengraben wussten, dass dieser Mann beim nächsten Angriff sterben würde.«

»Und? Was geschah?«

»Er starb. Schicksal. Frag im RSA die Ehemaligen, sie werden es dir bestätigen.«

»Ich weiß nicht …«, zweifelte Tom.

»Was weißt du nicht?«

»Deine Theorie mit dem Schicksal … Jeder ist doch mal nachdenklich.«

»Beziehst du das auf die Soldaten oder auf dich persönlich?«

»Auf mich persönlich? Wie kommst du darauf?«

»Du machst so einen zerstreuten Eindruck. Hast du ein Problem?«

Tom überlegte kurz, ob er den Kumpel in seine Überlegungen einweihen sollte, aber er schwieg.

Tipene bohrte nicht nach. »Wenn ich Probleme habe«, sagte er, »setze ich mich ans Meer, schaue in die Brandung und in den Sternenhimmel. Dann sind auf einmal alle Probleme so klein, dass sie keine Probleme mehr sind.«

»Danke für den Tipp.« Tom warf ihm eine Dose Bier zu.

»Für ein Bier tu ich alles«, grinste Tipene.

Noch 5 Tage.

Zeit und Raum verändern die Sicht. Das Gedächtnis ähnelt dem Auge, mit genug Abstand verlieren Personen und Ereignisse an Schärfe und Kontur, das Positive überwiegt. Je länger Tom auf See war, je weiter er sich von der Küste entfernte, desto mehr verflogen seine Ängste.

Plötzlich erinnerte er sich gerne an die gute alte Schulzeit, an zu Hause, an wunderbares Krustenbrot, an die Brezen im Biergarten. Bei dem Gedanken an Leberkäs oder Weißwurst mit süßem Senf lief ihm das Wasser im Mund zusammen. Er musste lachen, solche

Gelüste hatte er bisher nur bei seinen Eltern erlebt, die gegen Ende der gemeinsamen Ferien in Italien die Nase von Pizza und Spaghetti voll hatten. War er genauso spießig und verschroben wie sie? Hatte er sich nur eingebildet, anders zu sein, weil er einer anderen Generation angehörte?

Er überlegte, worin sich seine Altersgruppe von der seiner Eltern unterschied. Die Neuseeländer behaupteten, wenn man sich mit einem Deutschen unterhielt, käme man unweigerlich nach kurzer Zeit auf den Krieg zu sprechen. Tom war das vorher nie aufgefallen, aber es stimmte. Ältere Menschen redeten über die Bomben, die Angst im Luftschutzkeller, die Flucht, die Nachkriegszeit. Sie erinnerten sich an die Entbehrung, das Hamstern, bei dem sie ihr Tafelsilber gegen Essbares für die Kinder eingetauscht hatten, und an das Staunen, dass einen Tag nach der Währungsreform plötzlich alle Regale mit Brot und Fleisch gefüllt waren und sie sich vorkamen wie im Schlaraffenland. Und immer wieder erzählten sie von dem Wunder von Bern, wo am 4. Juli 1954, neun Jahre nach Kriegsende, Deutschland Fußball-Weltmeister wurde und die ganze Nation in einen Glückstaumel versetzte.

Für Toms Altersgruppe war das Gestern Geschichte. Ihrer Meinung nach hatten sie sich in der Schule in diesem Nebenfach lange genug damit auseinandergesetzt. Die Zukunft war spannender. Schon bei der Berufswahl ging es weniger um Begabungen oder Präferenzen, sondern mehr um Gehalt, Rente, Krankenkasse, den Kündigungsschutz. Was ist, wenn …

Mit der Gegenwart beschäftigte sich eigentlich niemand. Sie war zu flüchtig. Sagte oder dachte man *jetzt*, war es bereits Vergangenheit. Wieso sollte man sich um etwas so Kurzlebiges sorgen?

Hier draußen auf See gab es dagegen *nur* das Jetzt. Tom lebte den Augenblick, und der beglückte ihn. Alles andere war so weit weg wie der Horizont, der niemals näher rückte. Das Boot blieb immer im geometrischen Mittelpunkt des riesigen Kreises, dessen Rand der Horizont war. Er könnte in jede Himmelsrichtung segeln, so schnell oder so langsam er wollte, der Horizont würde immer den gleichen Abstand halten. Kein Sturm konnte Tom aus dieser Mitte vertreiben.

War alle Bewegung, aller Fortschritt am Ende nur eine scheinbare Verschiebung, eine vermeintliche Erweiterung des geistigen Horizonts? Er würde ihn nie erreichen können, egal, wie sehr er sich auch mühte. Rannte er also wie der Esel hinter der Karotte her, die an einer Angel vor seinem Maul hing?

Es musste doch etwas geben hinter diesem Horizont. War der Weg das Ziel? War das der Sinn des Lebens? Oder war es die Erkenntnis um die Vergeblichkeit allen Tuns?

In Russell war Tom aufgefallen, dass es Familien gab, die sogenannte Foster-Kinder bei sich aufnahmen, Kinder, die aus unterschiedlichen Gründen nicht bei den eigenen Eltern aufwuchsen. Sie erhielten ein neues Zuhause und eine ordentliche Ausbildung.

Nun war Tom kein Kind mehr, aber er befand sich in einer ähnlichen Lage wie diese Foster-Kinder. Was ihn störte, war der Zeitdruck. Seine Aufenthaltsgenehmigung lief ab und ließ ihm nur wenige Wochen für die Entscheidung. Er hätte gern eine längere Frist gehabt, eigentlich kannten sich die Robinsons und er erst seit einigen Monaten. Sie mochten und schätzten sich, aber würden sie auch auf Dauer miteinander auskommen?

Mit Richard würde es leichter sein als mit Elizabeth. Er war geradeaus. Wenn ihm etwas missfiel, streckte er die Arme gen Himmel und polterte: »So doch nicht!« Er wurde allerdings nie persönlich. Statt zu nörgeln: *So kannst du das doch nicht machen, Junge,* zeigte er ihm einen besseren Weg und half ihm, bis sein Vorhaben klappte und Thomas das nächste Mal allein zurechtkam. Er kämpfte stets um die Sache. Das gefiel Thomas.

Elizabeth war anders. In ihrer ruhigen, zurückhaltenden Art war sie schwerer zu durchschauen als ihr Mann. Sie legte Wert auf gutes Benehmen, und eins ihrer Lieblingsworte war *Etikette.* Trank Thomas bei Tisch ein Bier direkt aus der Flasche, wie es im Bootsclub üblich war, rügte sie ihn nicht, sondern verdrehte kaum merklich die Augen, ohne ein Wort zu verlieren.

Nach einem arbeitsreichen Tag stürmte Tom hungrig ins Haus. Elizabeth stand an der Schwelle und deutete wortlos auf die erdverkrusteten Stiefel. Schuldbewusst machte er kehrt und stellte sie draußen vor der Tür ab. Dann wusch er sich die Hände und setzte sich zu ihnen an den Tisch. Mit Heißhunger fiel er über das Steak her. Elizabeth sah ihm zu und erzählte von einer Esseneinladung bei den Millers: »Liebe, einfache Leute, die Geld sammeln für die Rettung der Wale. Sie hatten sich große Mühe gegeben, das Lamm war zart wie Butter, aber sie schlangen das Essen hinunter wie die Wölfe.«

Tom fühlte sich ertappt, und ihm blieb der Bissen im Halse stecken.

»Hauptsache, sie sind anständige Bürger«, versuchte Richard die Situation zu retten.

»Essen ist und bleibt ein wesentlicher Teil unserer Kultur«, insistierte Elizabeth.

Tom hatte geschwiegen. Wie unterschiedlich sie doch waren! Er merkte es an den täglichen Kleinigkeiten. Wie sollte ihr Zusammenleben auf Dauer funktionieren, da solche Lappalien schon Anlass zur Kritik waren? Sie hatte ja recht, aber lohnte es sich, deswegen allen den Appetit zu verderben?

Ich muss fort, dachte er, ich muss ihnen so bald wie möglich sagen, dass ich nach Deutschland zurückkehren werde.

Es war wie verhext. Jedes Mal, wenn er sich vornahm, Elizabeth und Richard darüber zu informieren, waren sie besonders herzlich. Unvermutet fand er eine

Notiz von Elizabeth auf seinem Kopfkissen: *Danke, dass du in unser Leben getreten bist.* Oder er entdeckte eine Kinokarte unter seinem Teller. Oder sie stellten ihn ihren Gästen vor: »Dies ist unser neuer Sohn.«

Und schon geriet sein gerade gewonnener Entschluss wieder ins Wanken. Was war die richtige Entscheidung?

Er verstand ihre Angst, dass er sie verlassen würde. Dann wäre ihre Hoffnung, doch noch einen Nachfolger zu haben, zerstört. Musste er Rücksicht darauf nehmen? Der einzige Mensch, mit dem er darüber reden konnte, war Sara. Sie war verschwiegen, und er vertraute ihr, obwohl sie immer noch äußerst zurückhaltend war und er sich manchmal wünschte, ihre Gedanken lesen zu können. Außerdem hatte sie sich in letzter Zeit rar gemacht, er hatte sie länger nicht gesehen, und so beschloss er, sie aufzusuchen und sie um ihre Meinung zu bitten.

Mit einer Flasche Sekt machte er sich nach dem Abendessen auf zu ihrem kleinen Hexenhäuschen. Sara empfing ihn im Bademantel. Sie war freundlich und reserviert wie immer.

»Was für eine schöne Überraschung. Komm rein, Tom, setz dich, machs dir bequem. Entschuldige meine Aufmachung, ich wollte gerade ins Meer springen, weil meine Regenzisterne fast leer ist. Für einen Kaffee reichts noch, aber zum Duschen wirds knapp.«

»Hast du keine Angst, im Dunkeln ins Meer zu gehen?«

»Nach Sonnenuntergang schlafen die Haie«, flachste sie. »Wenn du Angst um mich hast, komm mit.«

»Ich, ich …«, stotterte Tom.

»Hast du Angst?«

»Nein, das nicht, ich habe bloß keine Badehose dabei.«

»Ich auch nicht«, lachte sie. »Im Dunkeln brauchst du keine.«

Tom war froh, dass es eine mondlose Nacht war. Sie verdeckte seine Erregung. Auf wackeligen Beinen stakste er über Kieselsteine und Muscheln und sprang ins Wasser.

»Na, wie fühlst du dich in diesem Haifischbecken?«, kicherte Sara und spritzte ihm Salzwasser in die Augen.

»Warte, wenn ich dich erwische, wirst du getauft!«

Er versuchte sie einzuholen, doch sie war eine ausgezeichnete Schwimmerin und kraulte davon.

»Ich hab Zeit«, rief Tom. »Irgendwann musst du zurück an Land.«

Er wartete und stand regungslos bis zum Hals im Meer. Es dauerte zehn Minuten, bis er eine Linie weißer Schaumbläschen auf sich zukommen sah. Sara versuchte unbemerkt an Land zu gelangen, doch bevor sie ihm ausweichen konnte, packte er sie beim Haar und tauchte sie unter.

»Hilfe, ein Hai«, kreischte sie und riss ihn mit sich

unter Wasser. Keuchend und prustend tauchten sie zusammen wieder auf, paddelten an Land, warfen einander um, rollten über den Sand, balgten sich, erschraken über ihren Übermut, zitterten, erbebten und ersehnten die nächste Berührung, die übernächste, um sich am Ende nicht mehr loszulassen.

»Tom, Tom«, flüstertete sie immer wieder, »Tom, was machen wir beide da nur für einen wunderbaren Unsinn.«

»Ich liebe dich, Sara«, hörte Tom sich sagen. »Ich liebe dich.«

Tom saß in seinem Auto und glühte. Sara hatte seine Liebe erwidert. Ihn verzaubert. Ihm die Kraft geschenkt, eine Entscheidung zu treffen. Er war berauscht von einem Gefühl der Freiheit, hätte am liebsten die ganze Welt umarmt. Als er am Landungssteg vorbeikam, hielt er an, stieg aus und lief hinaus zu den dümpelnden, an den Pollern vertäuten Fähren. Hier war er vor wenigen Monaten angekommen, mit einem Brief in der Tasche und der Hoffnung, zu einem Essen und einer freien Übernachtung eingeladen zu werden, um kurze Zeit darauf nach Deutschland zurückzufliegen.

Doch dann war alles ganz anders gekommen.

In wenigen Monaten hatte er seine Schüchternheit überwunden. Er schien das große Los gezogen zu haben. Durch die Adoption würde er der Erbe eines großen Vermögens werden, würde finanzielle und berufliche Selbständigkeit erwerben. Er würde Neuseeland zu seiner neuen Heimat machen, und er hätte Sara. Sara … Er konnte sich nicht erklären, was sie dazu veranlasst hatte, ihre Zurückhaltung plötzlich aufzugeben, aber eigentlich war es ihm auch egal. Einen kurzen Augenblick dachte er an seine Nacht mit Katharina. Welch ein Unterschied! Katharina – das war wilder, leidenschaftlicher Sex gewesen, der ihn fast um den Verstand gebracht hatte. Wie in einem Tsunami war er von seinen Gefühlen mitgerissen worden, hatte ihren Atem, ihren Speichel geschluckt, hatte mit ihr gekämpft, gerungen und gestöhnt, bis die Wellen der Ekstase sich überschlagen hatten und er erschöpft in einen todesähnlichen Schlaf gefallen war. Als er erwachte, war er allein gewesen mit der Erinnerung. Sara dagegen war Zärtlichkeit, Sinnlichkeit, Lust, war …

Der Dorfpolizist, der seinen üblichen Kontrollgang durch den Ort machte, unterbrach seine Gedanken.

»Tom, was treibst du denn hier mitten in der Nacht? Zum Angeln ist es zu spät und für die Fähre zu früh.«

»Hallo Marc. Ich bin nur ein bisschen spazieren gegangen, der Sternenhimmel ist so schön. Die Luft ist so schön. Das Leben ist so schön.«

»Mach, dass du in die Klappe kommst. Gute Nacht.«

»Gute Nacht.«

Tom war gespannt, was er diese Nacht träumen würde. Sollte der Richter ihn wieder auffordern, sich zu entscheiden, wusste er endlich die Antwort.

»Ich glaube, der Junge hat verschlafen«, brummte Richard und klopfte mahnend mit dem Zeigefinger auf das Zifferblatt seiner Armbanduhr.

»Er ist spät nach Hause gekommen«, verriet Elizabeth, die Stunde um Stunde den beleuchteten Uhrzeiger des Weckers verfolgt hatte.

»Das ist ein gutes Zeichen«, erwiderte Richard, »er scheint Freunde gefunden zu haben.«

Die Tür ging auf, und Tom stand mit schuldbewusstem Lächeln vor ihnen. »Verzeiht, ich habe schlecht geschlafen. Euer Angebot mit der Adoption ist mir nicht aus dem Sinn gegangen.«

»Komm, setz dich«, sagte Richard betont jovial. Er spürte, dass Tom ihnen endlich seine Antwort mitteilen wollte.

Mit gesenktem Blick begann Tom mit einer umständlichen Erklärung: »Wie ihr wisst, bin ich in Deutschland geboren und aufgewachsen.«

Sie nickten.

»Da bin ich zur Schule gegangen.«

Das wissen wir doch, dachte Richard ungeduldig, sagte aber nichts.

»Da sind meine Eltern, meine Wurzeln.«

Alarmiert wechselten Elizabeth und Richard einen kurzen Blick. Sie hatten sich fest vorgenommen, keinerlei Druck auszuüben, egal, wie er sich entschied.

»Ich liebe meine Heimat.«

Elizabeth biss sich auf die Lippen.

»Natürlich. Dafür haben wir volles Verständnis, mein Junge. Es war ja auch nur ein Angebot von uns.«

»Das ich gerne annehmen möchte!!!«

Tom schrie es heraus. Er sprang auf und zauberte unter seinem Hemd die Flasche Sekt hervor, die er eigentlich gestern mit Sara hatte köpfen wollen, doch dazu war es dann ja nicht mehr gekommen.

Elizabeth und Richard saßen wie versteinert am Tisch.

»Ihr freut euch ja gar nicht«, stellte Tom nach einer Weile verwirrt fest und hörte auf, an dem Verschluss der Flasche zu drehen.

Richard räusperte sich.

»Willkommen in der Familie«, sagte er feierlich und nahm Tom fest in seine Arme. »Nur wenn das witzig gemeint war, müssen wir uns an deine Art von Humor noch gewöhnen.«

Elizabeth war sitzen geblieben, sie hatte das Gesicht in ihrer Serviette verborgen. Diesmal weinte sie vor Glück.

Noch 4 Tage.

Tom hatte in der Kajüte einige Farbdosen und Pinsel entdeckt. Er freute sich, denn nun konnte er das Schiff umbenennen. Es hatte ihn gestört, auf einem Boot zu segeln, das *Edward* hieß. Jetzt hatte er Zeit, konnte es umtaufen auf den Namen *Tom* oder besser noch auf *Thomas.* Hier in diesem Land nannte ihn jeder wie selbstverständlich nur *Tom.* Immer und überall stellte er sich als *Thomas* vor, doch nach zwei, drei Sätzen hieß er wieder *Tom.* Jetzt hatte er die Gelegenheit, ein Statement zu machen. Sein Schiff würde *Thomas* heißen.

Er probierte auf Zeitungspapier aus, wie groß die Buchstaben sein mussten, es war verdammt schwierig, auf dem schwankenden Deck gerade Schriftzeichen zu malen. Noch umständlicher würde es sein, den auf dem Kopf stehenden Namenszug über die Reling an der Bordwand anzubringen. Er verschob die Idee auf später. Nach der Rückkehr, im Trockendock bei Ashby's, würde das kein Problem sein.

Außerdem erinnerte er sich plötzlich an die Berichte abergläubischer Seeleute, die fest davon überzeugt waren, dass es Unglück brächte, ein Schiff umzutaufen. Er räumte die Dosen zurück unter Deck, als ihm eine wunderbare Idee kam. Wie wäre es, wenn er den Namenszug *Edward* stehen ließe und nur zwei kleine senkrechte Striche hinzufügte: *Edward II ?* Das sah gut aus, war witzig, änderte nur geringfügig den Bootsnamen und zeigte allen, er war selbstbewusst und kümmerte sich nicht darum, was andere von ihm hielten.

Er wusste, im Ort wurde hinter seinem Rücken getuschelt. Für manche war er der Deutsche, der sich in ein gemachtes Nest gesetzt hatte, ein Schmarotzer, der das Unglück der Familie Robinson ausgenutzt hatte. Dabei übersahen sie die Schwierigkeiten, die Probleme dieser Adoption. Natürlich klang für Außenstehende alles sehr verlockend, sehr verführerisch, zumindest der materielle, der finanzielle Teil, aber wussten sie auch, wie schwer er sich mit der Entscheidung getan hatte? Wie kompliziert sein Leben geworden war, seitdem er versucht hatte, Edward zu ersetzen? Tagtäglich hatte er sich bemüht, die in ihn gesetzten Erwartungen zu erfüllen, und war anfangs zuversichtlich gewesen, das zu schaffen. Doch er war kein Abklatsch von Edward, kein Parasit, kein Kuckuckskind, das den anderen aus dem Nest gedrängt hatte. Er war Tom, den das Schicksal mit einem Weingut beschenkt hatte.

Sie saßen auf der kleinen verwitterten Holzbank im Garten und genossen die Zweisamkeit. Sie plauderten, schwiegen, träumten miteinander, sie hörten CDs und ließen ihren Gefühlen Raum zum Wachsen.

Als Tom eine Flasche Riesling entkorkte, die er mitgebracht hatte, wollte Sara plötzlich wissen: »Wie kommst du eigentlich mit den Robinsons klar?«

Für einen Moment musste er überlegen.

»Ich mag sie. Sie sind nett zu mir«, sagte er zögernd.

»Manchmal ist es allerdings ganz schön anstrengend mit ihnen und erfordert viel Toleranz. Wir gehen sehr vorsichtig miteinander um, keiner will dem anderen weh tun. Aber dann fällt ein falsches Wort oder ein unbedachter Satz, und schon ist man ins Fettnäpfchen getreten.«

»Also zwei Schritte vor und einen zurück.«

»So ungefähr. Du kennst sie ja selbst.«

»Ich? Wie kommst du denn darauf?«

»Na, immerhin warst du Edwards Freundin.«

Sara schüttelte den Kopf. Ein einziges Mal hatte Edward sie zu sich nach Hause zum Grillen eingeladen, zusammen mit Tipene. Richard und Elizabeth waren erst später dazugekommen, als alles aufgegessen war. Die fröhliche Stimmung war umgeschlagen, es wurde steif und förmlich.

»Ich glaube, sie mögen mich nicht«, sagte sie.

»Warum nicht? Hast du eine Erklärung dafür?«

»Vermutlich wollte Elizabeth ihren Sohn ganz für sich allein haben. Ich erinnere mich, wie sie sich demonstrativ zwischen Edward und mich setzte, den Arm um ihn legte und sich anschmiegte. Edward fand das schrecklich peinlich, er entschuldigte sich später bei mir.«

»Und Richard?«

Sara lachte bitter. »Der hielt mich für den falschen Umgang: eine Freundin, die wie sein Sohn lieber am Klavier saß, statt mit ihm gemeinsam die Rebläuse im Weinberg zu bekämpfen!«

»Ach so. Das ist also der Grund.«

Tom hatte sich schon gewundert, warum sie immer

sofort das Thema wechselten, wenn er von Sara erzählte. »Und Tipene? Wie haben sie sich ihm gegenüber verhalten?«, fragte er.

Sara kräuselte die Stirn und versuchte sich zu erinnern.

»Elizabeth ist ja in zahlreichen gemeinnützigen Gremien in Russell. Sie ist die Jeanne d'Arc der Bedürftigen, der Arbeitslosen, der alleinerziehenden Mütter. Sie kämpft für die Delfine, für die Monarch-Schmetterlinge, für die freiwillige Feuerwehr, das Rote Kreuz und weiß der Kuckuck für was noch alles. Nur mit den Maori hat sie Schwierigkeiten. Ich habe sie noch nie bei den Vorbereitungen zu den Waitangi-Feierlichkeiten gesehen – das ist der Tag, an dem Engländer und Eingeborene vor über 150 Jahren einen Vertrag ausgeheckt haben, der bis heute umstritten ist.«

»Tipene ist Maori. Mag sie die Ureinwohner nicht?«

»So kann man das, glaube ich, nicht sagen. Sie hat nichts gegen sie, aber sie ist eben sehr britisch und hat immer noch einen Standesdünkel.«

Tom nickte: »So ist sie wohl. Für mich ist und bleibt Tipene ein zuverlässiger und hilfsbereiter Kumpel.«

»An dem Grillabend, von dem ich dir erzählte«, fuhr Sara fort, »ging Tipene als Erster, weil seine Hunde auf dem Pick-up unruhig waren. Edward fragte seine Eltern, was sie für einen Eindruck von seinem Freund hatten.«

»Und?«

»Richard wollte nur wissen, ob er eine anständige Arbeit hatte. Und Elizabeth«, Sara musste grinsen, als sie sich daran erinnerte, »ließ ihre Diplomatie spielen und meinte: *Ich finde seine Tattoos dezent.*«

Sie lachten beide. Sara hielt Tom die zwei leeren Weingläser hin, sie hatte Durst. »Was solls, fürs Gewesene gibt der Kaiser nichts. Komm, lass uns über was anderes reden.«

»O.k., dann erzähl mir ein bisschen von dir«, bat Tom.

Und Sara sprach über Musik. Sie erzählte aus dem Leben und Werk ihres Lieblingskomponisten Frédéric Chopin, von seinen Nocturnes, den Walzern, Mazurkas und Polonaisen, den Sonaten, Balladen und den Etuden, die sie selbst gern spielte. Tom bewunderte ihr Wissen, ihre Kunst, und wenn er etwas nicht verstand, fragte er nach. Als sie dann ihn bat, etwas von sich zu erzählen, kam er auf seinen alten, verknöcherten Musiklehrer zu sprechen. Der hatte einmal mit dem Knöchel einen Takt auf Thomas' Pult geklopft. »Was ist das: dreimal kurz, dreimal lang und dreimal kurz?« Thomas hatte es nicht gewusst, und Sara musste zugeben, dass auch sie diesen Rhythmus nicht kannte. »Das sind die Morsezeichen der Marine für SOS, du Dummkopf!«, hatte der Musiklehrer gepoltert und hinzugefügt: »Mangelhaft! Setzen!«

»Du verrückter Hund«, lachte Sara und küsste ihn zärtlich, bevor sie sich plötzlich aus seinen Armen wand, ins Haus ging, alle Lichter bis auf eine Kerze löschte, den *Boléro* von Ravel auflegte und zu tanzen begann. Langsam im Rhythmus der Musik begann sie sich zu drehen wie ein Derwisch, Arme und Hände ausgestreckt, als wolle sie fliegen, den Kopf seitlich abgeneigt, Drehung um Drehung, um schließlich, ohne Hast, ihr Kleid, unter dem sie nichts trug, zu öffnen, Knopf um Knopf, bis es sie wie ein fließender Seidenschirm umwehte, nur von den Ärmeln gehalten. Mit jeder Drehung bot sie ihre Nacktheit dar, um sie im Wechsel von Licht und Schatten gleich wieder zu verbergen, Haut und Stoff, Haut und Stoff, Haut …

Fasziniert und erregt schaute Tom ihr zu. Wie hypnotisiert erhob er sich, schlüpfte aus Hemd und Hose, breitete die Arme aus wie sie, stellte sich, ohne sie zu berühren, ihr gegenüber und drehte sich im gleichen Rhythmus, wie in Trance, eine menschliche Balz, deren Kreise enger, schneller und kraftvoller wurden, dem allmählichen Crescendo folgend, in immer neuer Variation. Sie umkreisten einander wie zwei Sterne, aus deren Schwerkraftfeldern es kein Entkommen gab, kamen sich näher und näher, verhext, verzaubert, verwünscht, und als die Musik in einem kataklysmischen Ende abbrach, stürzten sie ineinander und verschmolzen zu einer Einheit.

Erschöpft, verschwitzt und glücklich lag Tom in Saras Armen. Er war ihr so nahe wie nie zuvor einem Menschen. Ihre Liebe übertraf alles, was er bisher erfahren hatte, und vermittelte ihm zum ersten Mal das

Gefühl zu spüren, wofür er lebte. Sein Herz war leicht, ohne Wünsche, ohne Ziele, in einem inneren Frieden.

Später, als sie wieder dicht aneinandergekuschelt auf der Gartenbank saßen und den Himmel auf Sternschnuppen absuchten, sagte Sara: »Es ist wunderbar, dass du in Russell bleibst, Tom, wunderbar. Ich glaube, die Götter meinen es gut mit uns, sie wollen, dass wir beisammen bleiben … Was haben eigentlich deine Eltern zu der Adoption gesagt?«

»Ein bisschen überrascht waren sie schon«, log Tom, der noch nicht den Mut aufgebracht hatte, es ihnen mitzuteilen. Die Formalitäten für die Adoption würden sich über mehrere Monate hinziehen, und er wollte einen passenden Zeitpunkt abwarten, um es ihnen schonend beizubringen.

»Was gibt es heute Abend zu essen?«, fragte Tom, als er hungrig aus dem Weinberg kam.

»Wird nicht verraten.«

»Ich geh vorher noch schnell duschen«, rief er und machte Anstalten, die Treppenstufen hochzulaufen.

Elizabeth hielt ihn am Arm zurück. »Ach, Tom, das hätte ich beinahe vergessen. Mary und ich haben dich umquartiert. Komm, ich zeig dir dein neues Zimmer. Da hast du mehr Platz.«

Sie öffnete die Tür und ließ ihn vorausgehen.

»Na, was sagst du?«

Als Tom den Flügel sah, wusste er sofort, wo er sich befand.

»Schön«, sagte er mit belegter Stimme, »obwohl mir das andere Zimmer vollkommen ausgereicht hat. Ich habe mich wohl darin gefühlt.«

»Das weiß ich, mein Junge, aber wir brauchen es für eventuelle Gäste, und als unser neuer Sohn steht dir dieser Raum zu. Er ist viel geräumiger. Ich hoffe, du freust dich. Wir hatten viel Arbeit damit, ihn herzurichten.«

»Das glaube ich.« Tom erinnerte sich haargenau an das verwüstete Zimmer, das er versehentlich vor Monaten fiebernd und halb benommen betreten hatte und dessen Tür seitdem abgesperrt gewesen war.

»Lass dir Zeit. Abendessen gibt es erst in einer Stunde.«

Tom sah sich um, dies war also Edwards Reich gewesen. Hier hatte er zum ersten Mal sein Foto gesehen. Es hatte mit anderen Papieren halb verbrannt da hinten im Kamin gelegen. Und bei der Truhe hatten alle Fächer offen gestanden, der Inhalt war über den Boden verstreut gewesen. Er öffnete die Schubladen und fand jetzt seine eigenen Wäschestücke darin vor, gewaschen und gebügelt. Edwards Bücher, Hefte, CDs und Schallplatten waren alle wieder eingeräumt, standen akkurat sortiert nebeneinander. Es erinnerte ihn an zu Hause. Wenn seine Mutter die Unordnung in seinem Zimmer nicht mehr ausgehalten und es aufgeräumt hatte, fand er hinterher nichts mehr wieder. Sie ordnete die Dinge immer streng nach Größe und Umfang.

Einmal, er war noch in der Grundschule, war sie so wütend über das Chaos gewesen, das er auch nach mehrmaliger Mahnung nicht beseitigt hatte, dass sie alles, was herumlag – saubere und schmutzige Wäsche, Sportschuhe, Kekse, Essensreste, Bücher und Handtücher – zu einem großen Haufen mitten im Zimmer aufschichtete. Gespannt wartete sie auf seine Rückkehr. Jetzt würde ihm nichts anderes übrigbleiben, als endlich Ordnung zu schaffen. Aber Thomas kam nicht. Ihre Wut verwandelte sich in Unruhe, die Unruhe in Sorge, und als er endlich, endlich hereingehumpelt kam mit einem Arm in der Schlinge, konnte sie ihn nur noch an sich drücken und war dann für den Rest des Tages selbst mit Aufräumen beschäftigt.

Was war in diesem Zimmer, in Edwards Zimmer, passiert? Warum hatte Edward es so verwüstet, kurz vor seinem Tod? Oder hatten es Richard oder Elizabeth in ihrer Verzweiflung, in ihrem Schmerz so zugerichtet?

Beim Abendessen hob Tom sein Weinglas und sagte: »Danke. Ihr verwöhnt mich. Wieder einmal.«

Richard und Elizabeth waren gerührt und stießen mit ihm an: »Auf die Zukunft. Und auf deine großzügigen Eltern, die Verständnis für uns alle gezeigt haben.«

Tom wurde blass. »Ihr habt mit meinen Eltern gesprochen?«

»Selbstverständlich. Wir haben zweimal lange mit ihnen telefoniert. Das erste Mal, bevor wir dich fragten. Und das zweite Mal, nachdem du dich entschieden hattest. Das gebietet der Anstand. Wir haben ihnen ausführlich erklärt, was für Chancen sich damit für dich auftun und dass sie sich keine Sorgen um dich machen müssen.«

Plötzlich hatte Tom keinen Appetit mehr, er konnte kaum noch einen Bissen herunterkriegen. Das Abendessen überstand er nur mit Mühe und war froh, als er endlich wieder allein auf seinem Zimmer war. Er war wütend. Wie konnten sie es wagen, seine Eltern anzurufen, sie einfach zu fragen, ob sie ihren Sohn übernehmen dürften. Das hätten sie mit ihm absprechen müssen, es wäre in erster Linie *seine* Aufgabe gewesen, verdammt noch mal! Schließlich war er volljährig. Jetzt stand er da wie ein hilfloser, kleiner Junge, dem man einen neuen Pass versprochen hatte und einen neuen Namen. Womöglich hatten die Robinsons seinen Eltern eine finanzielle Entschädigung angeboten, damit sie die Trennung leichter verschmerzten.

Noch mehr aber bedrückte es ihn, dass seine Eltern ihn zur Adoption freigegeben hatten, ohne vorher mit ihm darüber zu reden. Was hatte sie bewogen, ihren Sohn den Robinsons zu überlassen? Hatten sie nicht immer wieder behauptet, dass ein Kind der kostbarste Besitz aller Eltern sei? Hätten sie nicht um ihn kämpfen müssen? Zwanzig lange Jahre hatten sie ihm ihre

Liebe und Fürsorge geschenkt, Hoffnungen und Lebensträume in ihn gesetzt, hatten versucht, einen anständigen Menschen aus ihm zu machen, wie sie ihr Erziehungsziel in Worte kleideten. Und auf einen Anruf hin ließen sie ihn einfach gehen? Liebten sie ihn nicht mehr? Waren sie froh, die elterliche Verantwortung an andere abzutreten und sich um seine weitere Ausbildung nicht mehr kümmern zu müssen?

Aber hatte er selbst nicht ähnlich gehandelt, als er vor seinem Abflug nach Neuseeland sein Chamäleon einfach weggegeben hatte? Er hatte es geliebt und trotzdem dem Zoo geschenkt, weil er wusste, dass es ihm gut gehen würde. Beim Abschied hatte er ihm noch zugeflüstert: »Benimm dich, mach mir keine Schande. Ab heute gehörst du Wärter Franz.«

Franz hatte ihn korrigiert: »Thomas, wir besitzen keine Tiere. Wir geben ihnen ein Zuhause.«

Er schämte sich, die Aussprache mit seinen Eltern so lange aufgeschoben zu haben. Nun war es zu spät. Er musste ihnen schreiben, jetzt sofort, erklären, wie alles zustande gekommen war. Seine Beweggründe erläutern. Er musste sie um Verständnis bitten und ihnen versichern, dass er immer ihr Sohn bleiben würde, auch nach der Adoption. Er wollte dieses vermaledeite Telefonat wiedergutmachen, wenn das überhaupt möglich war.

Er setzte sich an den Schreibtisch, öffnete die Schublade, um nach Papier und Kugelschreiber zu suchen, fand aber nur ein kleines Kästchen. Vorsichtig öffnete er es. Es waren handgeschriebene Notizen, Bleistiftskizzen, Gedichtzeilen mit Noten versehen, Eintrittskarten für ein Konzert, ein gepresstes vierblättriges Kleeblatt. Edward! Es waren *sein* Zimmer, *sein* Schreibtisch, *seine* persönlichen kleinen Schätze. Eine lose Seite flatterte heraus, ein Gedicht von Heinrich Heine:

O löst mir das Rätsel des Lebens,
das qualvolle uralte Rätsel.
Worüber schon manche Häupter gegrübelt,
Häupter in Hieroglyphenmützen,
Häupter in Turban und schwarzem Barett,
Perückenhäupter und tausend andere
arme, schwitzende Menschenhäupter –
Sagt mir, was bedeutet der Mensch?
Woher ist er kommen? Wohin geht er?
Wer wohnt dort oben auf goldenen Sternen?
Es wehet der Wind, es fliehen die Wolken,
es blinken die Sterne gleichgültig und kalt,
und ein Narr wartet auf Antwort.

Am nächsten Morgen, noch vor dem Frühstück, fuhr Tom nach Russell und warf den Brief an seine Eltern in den Postkasten. Er hatte lange daran herumgefeilt, jedes Wort vermieden, das sie verletzen könnte, er bat sie um Verzeihung für sein Versäumnis und um Verständnis für seine Entscheidung. *In Liebe, immer euer Thomas* hatte er unterschrieben. Danach fühlte er sich besser.

Die nächsten Tage tuckerte er mit dem Traktor durch den Weinberg und sprühte Chemiewolken über die Rebstöcke. Obwohl er einen Mundschutz mit Filter trug, brummte ihm am Abend der Schädel. »Das ist der Preis, den man zahlen muss, damit die Reben gedeihen«, belehrte ihn Richard.

Aber es war nicht das Gift allein, das Thomas Kopfschmerzen bereitete. Er hatte das unbehagliche Gefühl, dass plötzlich die Chemie zwischen ihm und den Robinsons nicht mehr stimmte wie in den ersten Wochen.

Gelegentlich hatte er den Eindruck, als wechselten sie abrupt das Thema, wenn er unvermutet den Raum betrat. Hatten sie über ihn gesprochen? Gab es etwas, was sie verheimlichten? Hatten sie etwas auszusetzen? Warum redeten sie nicht mit ihm darüber?

Nach dem Abendessen zog er sich früh zurück und studierte Weinbau und Önologie. Ein Dutzend dickleibige Bände standen auf Edwards Bücherbord und wartete darauf, gelesen zu werden.

Beim Frühstück überprüfte Richard beiläufig, wie weit er gekommen war und ob er alles verstanden hatte. Tom interessierte sich am meisten dafür, wie die Menschen in früheren Zeiten ihre Weinberge ohne Chemie verteidigt hatten. Noah hatte einen Weinstock mit in die Arche genommen, aber chemische Kampfstoffe hatte er so wenig gekannt wie Odysseus. Die Probleme mit Reblaus und Mehltau hatten erst im 19. Jahrhundert begonnen, als die Weinbauern Monokulturen anlegten. In den Zeiten davor hatte man zwischen den Reihen Getreide angebaut oder Obstbäume gepflanzt, deren Stämme den Reben als Stützpfähle dienten.

Tom berichtete begeistert aus diesen frühen Zeiten des Weinanbaus, als die Chemiker noch wie Alchimisten gearbeitet hatten, und er schlug vor, Ähnliches auf dem Weingut auszuprobieren. Auch Elizabeth hielt es für eine gute Idee, aber Richard winkte ab. »Diese vorsintflutlichen Anbaumethoden können mir gestohlen bleiben. Die Grünen kannst du damit überzeugen, nicht mich. Mit so einem System würde eine Flasche Wein fünfzig Dollar kosten.«

Tom ließ sich nicht entmutigen. »Was hältst du davon, es mit Olivenbäumen auszuprobieren? Unter jedem Baum einen Rebstock. Dann hätten wir Olivenöl, das in Neuseeland sehr teuer ist, und gleichzeitig Wein, wir würden Geld und Zeit sparen und die Umwelt schonen.«

»Das kannst du machen, wenn ich unter dem Weinberg liege«, brummte Richard, »ich habe genug andere Probleme.«

Ebenso wenig Beifall fand Toms Idee, aus dem Trester – den Rückständen der Trauben beim Keltern – einen guten Grappa zu brennen. »So was kannst du den Italienern vorsetzen«, meinte Richard. »Kiwis trinken Bier, Wein, Gin oder Whisky. Sorry, Tom.«

Und auch Toms Vorschlag, ein Weinfest zu veranstalten, fiel durch. Man brauche eine Lizenz dafür, Alkoholausschank ohne Essen ginge sowieso nicht, und zum Kochen benötige man Räume, Mobiliar, Personal, Toiletten und, und, und …

Mit jeder Ablehnung wurde Tom stiller, behielt seine Ideen für sich, folgte Richard in seinen ausgetretenen, erprobten Pfaden und träumte von Freiheit.

»Träum nicht«, raunzte Richard ihn einmal an. »Du bist ja genau wie Edward.«

»Aber deshalb wollt ihr mich doch adoptieren«, bellte Tom zurück und erschrak über seinen Ton.

Elizabeth mied die Konfrontation. Nicht aus Schwäche, im Gegenteil, sie hatte erkannt, dass das Schwache stets das Starke besiegte. *Steter Tropfen höhlt den Stein* war ihr Wahlspruch. Sie wusste, dass Tränen stärker waren als jeder Bizeps. Dass der Geist stärker war als das Schwert. Dass starke Männer schwachen Frauen zu Füßen lagen.

Sie sprach nie Verbote aus, sie *wünschte* sich eine Alternative. Wenn ihr etwas vollkommen gegen den Strich ging, sagte sie nicht empört *disgusting!*, sondern mit einem hintergründigen Lächeln *interesting!* Sie hätte auch sagen können *I am not amused*, aber das sagte ja schon die englische Königin.

Eines Tages betrat sie strahlend Toms Zimmer, über dem Arm trug sie einen Anzug auf einem Kleiderbügel. »Mein Junge, ich habe eine große Bitte: Würdest du den einmal anprobieren?«

Tom hatte keine Ahnung, wozu das gut sein sollte, er hasste es, sich umzuziehen, und noch weniger mochte er Anzüge, aber er wollte ihr den Wunsch nicht abschlagen.

»Er steht dir. Sitzt wie angegossen. Dreh dich mal um. Die richtige Länge, Schulterbreite, keine Falten, auch die Hose sitzt gut. Fühl mal den feinen Stoff.«

Sie hielt ihm einen Spiegel vor. »Und? Habe ich etwa übertrieben?«

Er traute sich nicht zu widersprechen.

»Hier sind auch ein paar Hemden, Schuhe und Pullis. Edward hat sie kaum getragen. So schöne Sachen! Ich wusste, du freust dich darüber.«

Zum Essen kam Tom als Edward verkleidet die Treppe herunter. »Todschick, mein Junge«, strahlte Elizabeth anerkennend, drehte ihn um die eigene Achse und drückte ihn liebevoll an sich. »Richard, was sagst du?«

Ihr Mann linste desinteressiert über den Rand seiner Brille.

»Doch, doch«, murmelte er, »todschick.«

Tom schluckte. Er fühlte sich in seine Kindheit zurückversetzt, als er sonntags mit seinen Großeltern einen Familienspaziergang durch den Stadtpark hatte machen müssen, an dessen Ende eine Einkehr ins Café Winkler stand, wo Oma und Opa einen großen Eisbecher mit Früchten und viel Sahne spendierten. Für ein Erinnerungsfoto hatten sie ihn mit ledernen Trachtenhosen, Leinenbluse, Janker und weißen Kniestrümpfen mit aufgesticktem Enzian ausstaffiert. Er hatte diese Maskerade gehasst, keiner seiner Freunde lief so herum. Schon bei der Vorstellung, einer seiner Mitschüler könnte ihn sehen, lief er rot an. Er würde ausgelacht werden und wäre am nächsten Tag das Gespött der ganzen Klasse. Er wollte Jeans und T-Shirt, wie all die anderen. Er hatte sich gewehrt, hatte geschrien, getobt und behauptet, die Hose würde scheuern, aber das hatte ihm niemand abgenommen, denn es handelte sich um eine bereits vererbte Hose aus weichem Ziegenleder, das schon zahlreichen anderen Schenkeln geschmeichelt hatte. Schließlich hatte er nachgegeben, war mitgekommen und hatte das Problem auf seine Art gelöst. Er habe Durst, hatte er gesagt, und, rein zufällig, den Blaubeersaft über seinen Sonntagsstaat geschüttet.

Tom musste grinsen, als er an die entsetzten Gesichter der Familie zurückdachte, an das aufgeregte Reiben und Scheuern, das dennoch einen bleibenden Rand nicht verhindern konnte. Er hatte nie herausbekommen, ob seine Mutter den Trick seinerzeit durchschaute, er hatte jedoch erreicht, dass die Klamotten verschenkt wurden an jemanden, der sie besser zu schätzen wusste als er.

In der Erinnerung sah er an sich herunter und kam

sich vor wie damals. Jetzt stand er wie einst Fred Astaire auf halber Treppe im feinen schwarzen Anzug mit seidenem Einstecktuch und Hosenbeinen mit breitem Schlag. Es fehlte nur noch, dass er zu steppen und zu singen begann. Für Edward mag dieser Aufwand bei einem Konzertauftritt ja passend gewesen sein, dachte er, aber für mich …?

Auf einmal fühlte er sich wieder fremdbestimmt. Wie die zweite Bühnenbesetzung im Theater. Wie ein Ersatzsohn. Noch immer hatten Richard und Elizabeth ihn nicht akzeptiert als den, der er war: Thomas, der Deutsche, der rein zufällig an ihre Tür geklopft hatte und hereingebeten worden war. Nicht, weil sie ihn eingeladen hatten. Nicht, weil er ein Talent besaß, das sie bewundern konnten. Nicht, weil er ihnen sympatisch war. Sie hatten ihn willkommen geheißen, weil er sie an ihren toten Sohn erinnerte und weil sie einsam waren. Seine Ängste, Wünsche und Träume, sein Wesen, sein Geist, alles das, was einen Menschen zum Menschen macht, war ihnen bis zum heutigen Tag Nebensache geblieben. Ihnen genügte die Oberfläche. Sie hatten ihm einen Deal angeboten: Er, Tom, garantierte ihnen die Fortsetzung ihres Lebenstraumes, dafür schenkten sie ihm in ferner Zukunft das Weingut.

Tom löste das Anzugproblem ähnlich wie damals in seiner Kindheit, nur dass es diesmal Rote Bete war.

Tom hatte Sehnsucht nach Sara. Die Zeit bis zum Wochenende schien endlos. So lange konnte er nicht warten, er wollte sie heute sehen, wollte ihre Nähe spüren, sie lieben.

Er wusste, dass sie unter der Woche keine Zeit für ihn hatte, denn tagsüber gab sie Klavierunterricht, und abends bereitete sie sich auf den kommenden Tag vor. Natürlich versuchte er, Rücksicht darauf zu nehmen, aber heute weigerte sich sein Herz, diese Tatsache zu akzeptieren. Heute musste sie eine Ausnahme machen. Sollte er sie anrufen und fragen, ob er kurz vorbeikommen könne? Doch dann würde sie vielleicht absagen. Also beschloss er, sie zu überraschen. Wenn er mit einem kleinen Blumenstrauß und frisch geduscht, rasiert und umgezogen bei ihr anklopfte, konnte sie ihn nicht mehr abweisen.

»Ich geh noch mal in den Bootsclub«, verabschiedete er sich von Elizabeth, die immer wissen wollte, was er vorhatte.

»Falls du später heimkommst, ruf bitte an, damit ich mir keine Sorgen machen muss«, rief sie ihm hinterher.

»Tom ist kein kleiner Junge mehr«, wies Richard sie zurecht, »er ist ein erwachsener junger Mann.«

»Wenn *du* unterwegs bist, will ich das ebenfalls wissen«, erwiderte Elizabeth.

»Das ist doch was ganz anderes. In seinem Alter fühlt man sich bevormundet, wenn man zu Hause anrufen muss, weil es ein wenig später wird. Er will bloß mit ein paar Freunden im Club einen Schluck trinken.«

»Tom geht nicht in den Bootsclub.«

»Das hat er aber gesagt.«

»Mag sein, aber so, wie er sich herausgeputzt hat und wie er duftet … Er trifft sich mit einem Mädchen.«

Richard lachte. »Wein und Weib passen gut zusammen, fehlt nur noch der Gesang.«

»Bei Edward hast du aber anders reagiert«, sagte Elizabeth.

»Es kommt auf die Reihenfolge an. Die stimmt bei Tom. Für Edward kam immer zuerst der Gesang, ich meine die Musik, dann das Weib und erst ganz am Ende der Wein. Du erinnerst dich, wie mich das geärgert hat.«

»Ich weiß. Aber er war hochbegabt. Das ist nicht ausschließlich meine Meinung. Auch Sara hat das …«

»Hör mir bloß auf mit diesem Mädchen. *Die* hat ihm den Floh ins Ohr gesetzt, er sei der kommende Paganini.«

»Paganini hat Geige gespielt, Richard.«

»Ach, egal. Die Welt ist voll von hochbegabten Pianisten. Alles Hungerkünstler. Um sich im Musikzirkus durchzusetzen, braucht man nicht nur flinke Finger, da braucht man Ellenbogen. Und die richtigen Beziehungen. Ihm fehlte beides.«

»Richard!«

»Ist doch wahr! Die Klimpertante war auch nicht auf

Rosen gebettet. Du hast selbst gesagt, dass sie ihn viel zu oft von zu Hause weglockte und es auf sein Geld abgesehen hatte.«

»Möglicherweise. Wir kannten sie ja kaum.«

»Wenn Edward dieselbe Energie ins Weingut gesteckt hätte wie in *deinen* Flügel, dann hätte er einen Spitzenwein produzieren können. Und es wäre genug Zeit und Geld übriggeblieben, um das Symphonieorchester von Auckland für ein Klavierkonzert in unserer Townhall zu verpflichten.«

»Richard, der Flügel war auch ein Geschenk von *dir.*«

»Und wenn schon. Es war eine verrückte Idee. Wir sind bitter dafür bestraft worden.«

»Du weißt, wie mich das getroffen hat.«

»Bitte, hör auf. Wir haben oft genug darüber geredet, und du kennst meine Meinung.«

Tom parkte seinen Wagen auf der Straße um die Ecke und ging zu Fuß zu Saras Haus, vor dem ein Auto stand. Er hörte Klaviermusik. Hatte sie noch Unterricht? Um diese Uhrzeit? Er wollte nicht stören, wollte nur einen kurzen Blick durch ein Seitenfenster ins Wohnzimmer werfen, sie sehen.

Lautlos schlich er durch den Vorgarten, schob vorsichtig die Gardine im geöffneten Fenster zur Seite und erstarrte. Sara saß mit Tipene auf dem Sofa. Er hatte seinen Arm um sie gelegt, ihr Kopf lehnte an seiner

Schulter. Was hatte das zu bedeuten? Was machte er bei ihr zu so später Stunde? Ein hässlicher Verdacht befiel ihn, doch er schob ihn sofort beiseite. Sara schien traurig zu sein, hoffnungslos, ihr Blick war weit in die Ferne gerichtet. Sie sprach leise, Tom spitzte seine Ohren, um mitzuhören, aber die Musik übertönte ihre Worte. Plötzlich richtete sie sich auf. Sie lächelte Tipene an und fiel ihm um den Hals.

Tom schaute atemlos zu, wollte fortlaufen. Er ertrug den Anblick keine Sekunde länger. Benommen wankte er zu seinem Wagen und ließ sich in den Sitz fallen. Sein Puls raste. Eifersucht streute Gift in seine Liebe, Wut und Enttäuschung löschten die Glut.

Im Bootsclub ertrank er seinen Kummer im Bier, blieb bis zum Einläuten der letzten Runde und fuhr schwer angeschlagen nach Hause.

Er hatte Schwierigkeiten, aus seinen Jeans herauszusteigen, verlor das Gleichgewicht und fiel auf den Flügel, dessen Saiten wie ein aufgescheuchter Bienenschwarm summten. »Halt die Klappe, Edward«, lallte er und haute mit der flachen Hand auf die offene Klaviatur. Die dröhnende Dissonanz ließ ihn aufschrecken. Er plumpste auf den Klavierhocker und versuchte mit einem Finger *Hänschen klein* zu spielen, was ihm erst nach mehrmaligen Versuchen mehr schlecht als recht gelang. Dazu kicherte er:

Tomtom klein ging allein in die weite Welt hinein.
Wein und Hut stehn ihm gut, er ist wohlgemut.
Aber Mutter weint so sehr,
hat ja nun kein Tommy mehr.
Da besinnt sich das Kind,
läuft nach Haus geschwind.

Halb angezogen schlief er ein und träumte, wie Ikarus zu fliegen. Er hatte schwarz lackierte Flügel, die aussahen wie die Deckel eines Pianos. Seine Eltern standen auf dem Balkon und riefen ihm zu: »Flieg nicht zu weit, Thomas.« Elizabeth und Richard winkten ihm von der Kuppe des Weinbergs zu und warnten: »Flieg nicht zu tief, Tom.« – »Rutscht mir den Puckel runter!«, brüllte er zurück und stieg übermütig hinauf über die Wolken, weiter und weiter, immer höher, bis die Sonne seine Flügel in Brand setzte und er abstürzte.

Zwei Tage später kam ein großer Möbelwagen und holte das Piano ab.

»Ich dachte, es ist dir egal«, begründete Richard seine plötzliche Maßnahme. »Jetzt hast du mehr Platz, Tom. Wofür braucht man einen Flügel, der nur herumsteht?«

Tom war enttäuscht. Erst in der Woche davor hatte er sich im Kramladen von Russell ein Buch bestellt *Fundamentals of Piano Practice.*

»Für das Geld kaufen wir uns einen schönen, neuen Rasenmäher«, entschied Richard.

Noch 3 Tage.

In einer Schublade an Bord hatte Tom ein kleines dunkelblaues Büchlein entdeckt, auf dessen Leinenumschlag ein antiker Keramikteller abgebildet war. Er zeigte Delfine, die ein Segelboot umschwammen. Der Schiffsmast bestand aus einem riesigen Weinstock, der voller Reben hing. Auf dem Oberdeck lag der Gott des Weines, der trunkene Dionysos, im Schatten eines breiten Rahsegels, das mit Hilfe eines Filzstiftes in eine schwarzweiße Klaviatur verwandelt worden war.

Edwards Tagebuch! Tom zögerte, es zu öffnen, fürchtete, in eine Privatsphäre einzudringen, die zu betreten ihm nicht zustand. Aber er war schrecklich neugierig, endlich etwas über seinen unbekannten Zwilling zu erfahren, wollte wissen, was er gedacht, gefühlt, geträumt hatte. Mit Elizabeth und Richard sprach er selten über Edward. Immer, wenn er seinen Namen auch nur beiläufig erwähnte, kam eine deutlich zu spürende Spannung auf, die Worte wurden vorsichtiger, tastender. Es war, als ginge man über dünnes Eis. Selbst Richard, der selten ein Blatt vor den Mund nahm, wurde wortkarg, wenn der Name *Edward* fiel. War es nur Trauer? Oder wollte er sich nicht erinnern? Gab es etwas zu verbergen?

In Edwards Tagebuch war kein Name, kein Datum aufgeführt, kein Ort erwähnt, kein Foto eingeklebt. Es war wie ein Logbuch über das eigene Leben. War Edward auf der Suche nach sich selbst allein aufs Meer hinausgesegelt? So wie Tom es jetzt tat? Hatte er eine Antwort erhalten?

Dionysos und meinen Freunden, den Delfinen, gewidmet stand auf der ersten Seite. Edward dankte Dionysos, weil er das Weingut und die damit verbundenen Verpflichtungen nur im Alkoholrausch vergessen konnte. Und weil Dionysos, wie viele seiner Kollegen auf dem Olymp, die Musik schätzte. *Ein singender christlicher Gott ist undenkbar. Warum? Gott, Allah, Buddha, sie sind Götter des Wortes. Man muss ihre Sprache sprechen, um sie zu verstehen, an sie glauben zu können. Warum haben sie nicht musiziert?* Die Delfine liebte er, weil sie auf geheimnisvolle Weise immer dann zu seinem Boot kamen und ihn aufheiterten, wenn er am Leben verzweifelte.

Auf den weiteren Seiten hatte Edward Gedanken und Assoziationen zur Musik festgehalten. Gedichte waren für ihn gefrorene Musik. Er schrieb: *Musik ist die Königin aller Künste. Ein paar flüchtige Punkte, auf fünf dünne Linien getupft, lassen uns tanzen oder marschieren, weinen oder lachen. Die Musik tröstet uns, sie erhebt uns, sie gibt uns Orientierung. Vielleicht bewegt sie sogar Pflanzen und Tiere?*

Er konnte sich nicht vorstellen, Musik als Hobby zu betreiben. Niemals könnte er tagsüber Winzer sein und abends ein wenig auf dem Klavier klimpern. *Lieber wäre ich tot,* stand in großen Buchstaben auf der letzten Seite.

Ich fürchte den Tod nicht, denn er ist der Schlüssel zum Jenseits. Wenn ICH bin, ist ER nicht. Und wenn ER ist, bin ICH nicht. Also brauche ich ihn nicht zu fürchten. Das Diesseits ist wie ein Hafen. Unsere Eltern sind die Reeder, die den Stapellauf bestimmen. Wir bekommen einen Namen, werden hübsch herausgeputzt und erlernen das Segeln, um irgendwann alleine loszuziehen. Für die Zurückgebliebenen verschwinden wir hinter dem Horizont, während es jenseits des Horizonts heißt: »Schau mal, da kommt einer!«

Im Himmel werde ich genug Zeit haben zu musizieren. Ich werde Bach bitten, mir kleine Preludien und Fugen für das Klavier zu schreiben, und Verdi assistieren, wenn er eine Oper für die himmlischen Chöre komponiert. Es wird wunderbar sein.

Tom klappte das Tagebuch zu. Jetzt wusste er, dass Tipenes Vermutung stimmte: Edward war nicht durch einen Jagdunfall ums Leben gekommen.

Ein Brief aus Deutschland lag auf Toms Bett. Die ängstlich und zugleich sehnlichst erwartete Antwort der Eltern. Mit zittrigen Fingern nahm er den Umschlag in die Hand und erkannte die Handschrift seiner Mutter. Er sah sie vor sich an ihrem kleinen Biedermeier-Schreibtisch, an dem sie ihre Post noch immer mit Papier und Füllfeder erledigte. Er sah ihre zerknüllten Briefbögen am Boden, alles vergebliche Versuche, die richtigen Worte zu finden. Tom war so aufgeregt, dass er lange zögerte, den Brief zu öffnen. Er wog ihn in der Hand, drehte und wendete ihn und betrachtete die Sondermarke, die vermutlich sein Vater aufgeklebt hatte, exakt rechts in die Ecke, je einen Zentimeter vom Rand entfernt.

Schließlich trank er sich mit einem Whisky Mut an und riss den Umschlag auf. Mit klopfendem Herzen las er die zwei eng beschriebenen Seiten und versuchte, auch die letzten Zeilen zu entziffern, die ein Wassertropfen schwer leserlich gemacht hatte:

… denn alle Kinder gehen eines Tages aus dem Haus, um ihrem eigenen Weg zu folgen. Wir, deine Eltern, bleiben zurück und hoffen, dass du dein Leben lebst und glücklich wirst. 20 Jahre lang durften wir dich begleiten. Es war eine schöne Zeit, für die wir dankbar sind. Vergiss uns nicht. Du wirst immer unser Sohn bleiben.

In Liebe, Deine Mutter

Tom kämpfte mit den Tränen. Dieser Brief berührte ihn tief in seinem Innern. Erst jetzt, da er fern auf der anderen Seite der Weltkugel saß, wurde ihm bewusst, was seine Eltern ihm bedeuteten. Er dachte an all die Jahre, an sein ganzes bisheriges Leben, das sie miteinander verbracht hatten.

Als Baby hatten sie ihm beigebracht, auf eigenen Füßen zu stehen, dann laufen zu lernen, um am Ende von ihnen fortzulaufen. Als er zu sprechen begann, hatten sie ihn gelehrt zu sagen: *ICH möchte dies oder das,* und nicht: *Thomas möchte es.* Fast zwanzig Jahre lang hatten sie sich bemüht, sein Selbstbewusstsein zu stärken. Sie waren immer da gewesen, wenn er anfing, an seinem Ich zu zweifeln. Sie hatten ihm geholfen, es wieder auszubeulen, wenn ein anderer es eingedrückt hatte. Sie hatten ihn gewarnt, wenn die Gefahr bestand, dass es Schaden nehmen könnte. Sie hatten ihn geliebt, kompromisslos, uneigennützig.

All dies wurde ihm jetzt, da er den Brief in Händen hielt und ihn wieder und wieder las, bewusst. Sein Ich war in Gefahr.

Und plötzlich begriff er, dass er unmöglich als Edwards Kopie weiterleben konnte. Sein Denken, sein Fühlen, sein Wahrnehmen konnte er nicht in den Dienst eines anderen stellen, nur weil er ihm ähnelte. Er würde scheitern, daran kaputtgehen. Was er tun könnte, war, Edwards Andenken aufrechtzuerhalten, aber ihm musste erlaubt werden, er selbst zu sein.

Jeden Abend vergrub sich Tom hinter einem Bücherberg über Weinanbau, um seinen Liebeskummer zu verdrängen. Er hoffte, je mehr Wissen er in sich hineinstopfte, desto weniger Platz bliebe für die treulose Sara. Doch egal, worüber er las, immer wieder schob sie sich in sein Bewusstsein. Beschäftigte er sich mit den Aromen der Rebsorten, roch er plötzlich sie, ihr Haar, ihre Haut, ihren Schweiß. Studierte er die Beschaffenheit der Böden, tauchte ihr Bild auf zwischen Kristallschiefer, Gneis, Porphyr oder Granit. Er lernte, dass weltweit über 10 000 Rebsorten angebaut wurden – weiße, blaue, rote, Wein-, Tafel- oder Rosinentrauben –, aber seine Sara gab es nur ein einziges Mal.

Mary klopfte an seine Tür. »Tom. Telefon. Für dich.«

Er schaute auf die Uhr, es war kurz nach zehn. Wer rief so spät noch an?

»Ja, hallo?«

»Tom?«

»Hallo Sara.«

»Was ist los mit dir, Tom?«

»Was soll los sein? Ich muss arbeiten.«

»Das müssen wir alle! Hast du keine fünf Minuten mehr übrig für mich auf eine Tasse Kaffee? Oder war ich nur eine Affäre für dich?«

»Du hast doch Tipene, der dich tröstet«, platzte es patzig aus ihm heraus.

»Woher hast du denn den Unsinn?«

»Ich habe es mit eigenen Augen gesehen, wie ihr euch in den Armen gelegen habt.«

»Ich weiß nicht, wovon du sprichst.«

»Lüg nicht. Ihr habt auf deinem Sofa gesessen, Arm in Arm, und du hast ihn geküsst.«

Sara holte tief Luft. »Ja, das stimmt«, sagte sie nach einer kleinen Pause leise. »Ich habe ihn in den Arm genommen, weil er mir sehr geholfen hat. Er hat mir zum zweiten Mal in der schlimmsten Zeit meines Lebens beigestanden. Er ist mir ein lieber und treuer Freund, und das schon seit Jahren. Mehr nicht.«

Tom schwieg. Er war hin und her gerissen, ob er ihr das glauben sollte. Wie gerne wollte er es glauben.

»Ich habe dich vermisst, Tom. Sehr.«

Er wollte sie wiedersehen, wollte, dass alles so war wie vorher. Er hatte Sehnsucht nach ihr. Er schluckte. »Bist du allein?«, fragte er vorsichtig.

»Tipene ist nicht hier, wenn du das meinst«, lachte sie. »Komm. Lauf. Flieg! Ich warte auf dich. Ich kann keine Sekunde länger warten.«

Es wurde eine lange Nacht. Sie träumten von einer gemeinsamen Zukunft, versprachen sich ewige Liebe und wollten nicht mehr voneinander lassen. So kam es, dass die Sonne vor ihnen aufstand. Tom sprang in seine Sachen, küsste sie zärtlich auf die Nasenspitze und sagte: »Bis heute Abend, mein Schatz.«

Die Robinsons saßen bereits am Frühstückstisch, als er mit verklärtem Lächeln hereinkam. »Einen wunderschönen guten Morgen«, wünschte er heiter. »Na, habt ihr gut geschlafen?«

»Nein«, knurrte Elizabeth und schaute ihn wütend an, »und du wirst ja wohl wissen, warum nicht.«

»Sorry, es ist ein bisschen später geworden.«

»Ein bisschen später?«, fauchte sie. »Ein bisschen später? Die ganze Nacht warst du fort. Wo hast du nur gesteckt? Ich wollte schon die Polizei anrufen, ob irgendwo ein Unfall gemeldet wurde. Wir haben beide kein Auge zugetan.«

Richard blinzelte Tom zu und versuchte zu vermitteln. »Natürlich bist du alt genug, um zu wissen, was du tust, Tom, aber du musst auch uns verstehen. Mitten in der Nacht kommt ein Anruf für dich, du stürmst aus dem Haus und kommst nicht zurück. Da macht man sich schon Sorgen.«

Tom ließ schuldbewusst den Kopf hängen. Das hatte er nicht gewollt. Sollte er die Wahrheit sagen oder eine Ausrede erfinden? Die Liebe machte ihn mutig, es war doch egal, was sie dachten. »Ich war bei Sara«, sagte er trotzig.

Elizabeth und Richard warfen sich einen kurzen Blick zu. »Sara? Sara Elliot, die Klavierlehrerin?«

Tom nickte. »Seid mir nicht böse. Das nächste Mal sage ich euch Bescheid.«

Tom hielt, was er versprochen hatte. Wann immer er zu Sara ging, meldete er sich ab. Die Robinsons saßen meist vor dem Fernseher und nickten ihm wortlos zu. Er merkte ihnen an, dass sie seine nächtlichen Streifzüge missbilligten – fast jeden Abend war er jetzt fort –, aber damit mussten sie leben, fand er. Er konnte schließlich nicht dauernd zu Hause hocken und im Fernsehen Cricket schauen.

Cricket war eine Sportart, die Edward geliebt hatte. Es war eine der wenigen Vergnügungen gewesen, bei denen sich Vater und Sohn blendend verstanden hatten. Für Tom war es eine Qual, Stunden, manchmal ganze Tage vor dem Fernseher zu verbringen und ein und demselben Spiel zuzuschauen, dessen kompliziertes Regelwerk für ihn nicht zu begreifen war. Für Cricket konnte man sich nur begeistern, dachte er, wenn man damit aufgewachsen war, wenn man es selbst gespielt hatte, wenn man wusste, mit welchem Spin der Ball geworfen werden musste, mit welcher Geschwindigkeit, wer wann zu laufen hatte und wohin. Tom hatte anfangs den Fehler gemacht, Begeisterung für das Spiel vorzutäuschen, und später nicht mehr den Mut aufgebracht zuzugeben, dass es ihn langweilte.

Auch das gesamte übrige Fernsehprogramm fand er unerträglich. Jede Sendung wurde alle paar Minuten für einen zehnminütigen Werbeblock unterbrochen, egal ob es sich um einen Film, die Nachrichten, eine Dokumentation, eine Musiksendung oder eine Diskussion handelte.

Tom begann, eigene Wege zu gehen. Um Vorwürfen zuvorzukommen, dass er tagsüber zu müde sei oder seine Arbeit wegen Sara vernachlässige, arbeitete und studierte er weiterhin mit großem Eifer und Einsatz.

Er fragte sich, warum es zu dieser Entfremdung zwischen ihm und seinen zukünftigen Adoptiveltern gekommen war, und kam zu der Erkenntnis, ihnen fehle eine gemeinsame Vergangenheit. Alle Erzählungen, Begebenheiten, Erlebnisse, Anekdoten kannte er nur vom Hörensagen. Er kam sich vor wie im Geschichtsunterricht. Menschen reduzierten sich auf Zahlen, Daten, Fakten. Fotos sagten ihm wenig, selbst wenn ihm die abgebildeten Personen beschrieben wurden. Er vergaß sie schnell wieder oder verwechselte sie, denn er war ihnen nie begegnet. Als Tom zum wiederholten Mal Oma Jane mit ihrer Enkelin Rose verwechselte, Onkel Jim für Vetter Bryan hielt und ständig durcheinanderbrachte, wer mit wem verheiratet war, lachte Richard: »Macht nichts, Junge. Ich weiß, wie schwer es ist, alle Namen auseinanderzuhalten, besonders wenn man sie nur vom Hörensagen kennt.«

»Das stimmt. Richard hat keine Ahnung, ob einer Vetter, Neffe, Pate oder Onkel ist, obwohl er die ganze Sippschaft schon eine Ewigkeit kennt«, bestätigte Elizabeth.

»Was hältst du davon, Tom«, sagte Richard, »Liza und ich haben daran gedacht, ein Familienfest zu veranstalten, damit du alle persönlich kennenlernst.«

»Und sie dich«, fügte Elizabeth hinzu. »Die platzen vor Neugier.«

Tom war gespannt auf die Verwandtschaft. Doch als es so weit war, übertraf das Fest alle seine Erwartungen. Von nah und fern rückten sie an, aus Auckland und Wellington, sogar von der Südinsel. »Ich bin aus Übersee«, lachte Ailsa, die einzige Angehörige, die er kannte, weil sie auf der anderen Seite der Bucht wohnte und mit der Passagierfähre in 15 Minuten herübergetuckert war.

Auto an Auto rollte an, sie parkten auf dem Rasenstück, das Tom extra gemäht hatte, und als das voll war, zwischen den Rebstöcken und unten am Strand. Es gab ein großes Hallo, laute Wiedersehensfreude und endloses Gelächter.

Elizabeth empfing ihre Gäste im knöchellangen Sommerkleid mit Perlenkette und Strohhut und sah aus, als hätte sie zum Pferderennen nach Ascot geladen. Wie eine Königin wartete sie auf der Terrasse, begrüßte jeden mit einem hingehauchten Kuss auf die Wange, einmal links, einmal rechts, und stellte Tom vor, der neben ihr in Edwards gereinigtem Anzug stand: »Das ist unser Sohn.«

Tom hatte in seinem ganzen Leben nicht so viele Hände geschüttelt. Es war wie bei einem diplomatischen Empfang, nur lockerer. Sie schlugen ihm auf die Schulter und sagten: *»Hi! Good to see ya.«*

Ein Vetter, der gerade aus England zurückgekehrt war, sah ihn prüfend von oben bis unten an und wandte sich lachend an Elizabeth: »Ist der echt, oder hast du ihn bei Madame Tussauds bestellt?«

Elizabeth überhörte den dummen Spruch und bat zu Tisch. Im Garten war eine lange festliche Tafel unter Sonnenschirmen aufgebaut. Kunstvoll bemalte Tischkärtchen sorgten für eine passende reibungslose Verteilung der Gäste. Die weißen Damasttischdecken waren mit Weinlaub und Hibiskusblüten geschmückt, die Servietten gestärkt und zu Fantasiegebilden gefaltet, die Stühle mit weißen Hussen überzogen, die Kristallgläser poliert, um mit der Sonne um die Wette zu funkeln. Eine Schar von jungen Helferinnen füllte die Gläser.

Tom saß zwischen Elizabeth und Richard in der Mitte der Tafel und beneidete die Kinder, die unter dem Tisch Verstecken spielten. Er war es nicht gewohnt, Mittelpunkt einer Gesellschaft zu sein, und war deshalb froh, als Richard aufstand und sein Glas hob: »Schön, dass ihr alle gekommen seid, um Tom, unseren neuen Sohn, kennenzulernen. Herzlich willkommen und … cheers.« Er hob sein Glas in die Höhe, schwenkte es in die Runde und hielt eine nachdenkliche und launige Rede über die Irrungen und Wirrungen des Schicksals. Nach kräftigem Applaus bewies er allen, dass er nicht nur ein guter Festredner, sondern auch ein tüchtiger Winzer und Kaufmann war: »Übrigens, der Wein, den ihr heute trinkt, ist ein junger Sauvignon Blanc. Ich hoffe, jeder von euch kauft eine Kiste davon, bevor ihr uns wieder verlasst, damit ich dieses Fest auch bezahlen kann.«

Nach dem Essen löste sich die Tafel auf, und es bildeten sich kleine Gruppen. Tom wurde von vielen angesprochen, auf seine Jugend und die große Verantwortung in der Nachfolgerrolle, noch dazu in einem fremden Land und einer fremden Sprache. Und nach der schrecklichen Tragödie, die die Familie heimgesucht hatte. Sie waren voller Bewunderung für ihn und wünschten ihm viel Glück, machten ihm Mut. »Bist ein feiner Kerl«, sagten sie, »obwohl du Deutscher bist. Die Deutschen sind so was von clever, die lieben die Arbeit. Du wirst das schaffen.«

Die Kinder glaubten, er sei Edward, schließlich sah er aus wie Edward. Ein Mädchen fragte: »Edward, wie war es im Himmel?«

Und ein Junge bettelte: »Bitte, spiel mit mir Klavier.«

»Ich kann nicht Klavier spielen«, sagte Tom.

»Aber das letzte Mal hast du mit mir gespielt. Du hast bloß keine Lust. Du bist gemein.«

»Ich bin nicht Edward, Kleiner. Edward konnte Klavier spielen. Ich nicht. Ich bin Tom.«

»Du lügst«, schrie der Junge und rannte weinend zu seiner Mutter.

Als die Wagenkolonne wieder davonbrauste – mit den Frauen am Steuer, weil die Männer zu durstig gewesen waren –, bedankte sich Tom bei Elizabeth und Robert für das schöne Fest. Für kurze Zeit hatte es sie einander wieder nahegebracht.

Doch die Nähe hielt nicht lange. Bald nahm der Alltag erneut Besitz von ihnen und ließ die guten Wünsche und die Durchhalteparolen in Vergessenheit geraten. Verbale Ausrutscher begannen die gerade wiedergewonnene Harmonie zu stören, wenn etwas schief lief.

»Tom, so etwas kennt man in unserer Familie nicht«, hieß es, oder: »Das haben wir immer so gemacht«, oder schlimmer noch: »Edward wäre das nicht passiert.« Verzieh man einem eigenen Kind mehr als einem angenommenen? Waren die eigenen Gene vertrauenswürdiger als fremde? Fast glaubte Tom das. Am meisten verletzte ihn der Vorwurf, undankbar zu sein, was ihm in einem unbedachten Wortgefecht unterstellt worden war. Er hatte sich redlich bemüht, Edward zu sein, und als er einsah, dass das unmöglich war, hatte er versucht, Edward zu *spielen*. Es war eine schlechte Rolle und eine noch schlechtere Besetzung.

Je länger Tom auf dem Weingut lebte, desto mehr verkrampfte er sich. Sein Magen wusste es eher als er selbst. Das Essen schmeckte ihm nicht mehr. Sein Herz schmerzte, es fehlte ihm die Freiheit. Die Arbeitsanweisungen von Richard wurden sachlicher, die Einkaufsfahrten mit Elizabeth kürzer und die Mahlzeiten wortkarger.

Und immer schien es Sara zu sein, die im Wege stand. Nie wurde sie eingeladen, nie über sie gesprochen. Tom verstand das nicht. Er liebte dieses Mädchen. Er brauchte sie, und sie brauchte ihn, was gab es daran auszusetzen? Sie war doch kein Flittchen, sondern eine gebildete, junge Frau mit guten Umgangsformen, hatte einen achtbaren Beruf, war selbständig, beliebt und besaß sogar ein eigenes Haus. Waren die beiden Robinsons wirklich eifersüchtig auf Sara? Wollten sie den Adoptivsohn ganz für sich allein besitzen, ihn mit niemandem teilen? Gönnten sie ihm seine Liebe nicht?

Die Missstimmung quälte ihn, und er beschloss, Klarheit zu schaffen: »Ich habe den Eindruck«, begann er, »dass ihr Sara nicht mögt. Ihr wisst, wie sehr ich euch schätze und liebe, aber ich liebe auch Sara. Nun weiß ich nicht, wie ich beides unter einen Hut bekomme. Gibt es irgendetwas, was ich wissen sollte oder was ihr mir verschweigt? Ich will Sara nicht verlieren, sie ist die wunderbarste Frau, die ich kenne. Ja, ich könnte mir sogar vorstellen, mit ihr zusammenzuleben.«

Richard schaute ihn entsetzt hat. Er rang nach Worten: »Langsam, langsam.«

»Keine Panik, Richard, ich will sie ja nicht gleich heiraten, nur mit ihr zusammenleben.«

»Du bist naiv, Tom. Du solltest wissen, in diesem Land genügt es, zwei Jahre Bett und Tisch mit einem Partner zu teilen, und schon hat er Anspruch auf die Hälfte deines Vermögens. In diesem Fall also die Hälfte des Weingutes, das du einmal erben wirst. Dem Gesetzgeber ist es egal, ob du einen Trauschein hast oder nicht. Insofern betrifft deine Liaison mit Sara nicht nur dich, sondern auch uns.«

»Du glaubst doch nicht im Ernst, dass Sara darauf spekuliert?!«

»Mag sein, Tom. Ich wollte dir das nur sagen, bevor du dich in irgendetwas verrennst.«

Elizabeth saß ungewöhnlich stumm dabei und hörte zu.

»Du bist so still, Liza«, stellte Richard fest, »sag du doch auch mal was.«

»Ich mache mir große Sorgen.«

Tom stutzte. »Warum denn? Das brauchst du nicht, Elizabeth«, beschwichtigte er, »ich pass schon auf.«

»Wenn du dich da man nicht irrst. Ich war heute Morgen beim Arzt wegen meiner Migräne, und da habe ich zufällig Sara getroffen. Ich glaube, sie ist schwanger.«

»Hat sie dir das gesagt?«, fragte Richard fassungslos.

»Eine Frau sieht das.«

Tom wurde bleich. Er fiel in eine Schockstarre, konnte sich vor Schreck nicht mehr rühren, wie sein Chamäleon, wenn es sich ängstigte und wie tot mit offenen Augen liegen blieb. Er nahm das weitere Gespräch nur noch aus der Ferne wahr, konnte weder antworten noch reagieren und brauchte einige Zeit, bis er wieder in die Wirklichkeit zurückfand.

»Entschuldigt mich bitte«, stammelte er und verließ überstürzt den Raum.

Auch Richard schaute seine Frau fassungslos an.

»Liza, ich hoffe, du irrst dich.«

»Du meinst die Schwangerschaft? Das hoffe ich auch, aber ich glaube nicht, dass ich mich täusche.«

»Denkst du, dass das Kind von Tom ist? So wie er aus dem Zimmer gestürmt ist …«

»Sollte das der Fall sein, hätten wir ein Problem.«

»Ich mag gar nicht daran denken, was das alles mit sich bringen würde. Das Kind wäre erbberechtigt. Wir hätten die Mutter am Hals! Und was wäre mit Tom? Er würde bestimmt mehr Zeit bei Sara und ihrem Kind verbringen als hier mit uns auf dem Gut.«

»Was ja verständlich wäre«, warf Elizabeth ein. »Vielleicht ist das Kind ja gar nicht von Tom. Vielleicht ist es von diesem Maori, mit dem sie mal hier war, oder von irgendeinem anderen. Die jungen Leute schlafen heutzutage ja kreuz und quer miteinander wie die Hasen.«

»Liebes, du solltest nicht mit Steinen im Glashaus werfen. Als wir heirateten, warst du im dritten Monat.«

»Das kannst du doch nicht vergleichen. Wir liebten uns, wir wollten heiraten, und unsere Eltern waren einverstanden. Edward hat nur ein wenig aufs Tempo gedrückt. Das war schließlich ganz was anderes.«

Richard dachte daran, wie seine Eltern sich damals gefreut hatten, eine tüchtige Schwiegertochter zu bekommen, und auch die Eltern von Elizabeth hatten die Eröffnung begrüßt, obwohl die verfrühte Schwangerschaft ihnen vor den Freunden peinlich gewesen war.

»Könntest du dir vorstellen, dass Tom Sara heiraten will, nur weil sie ein Baby von ihm erwartet?«

»Das müssten wir ihm ausreden.«

»Warum?«

»Das hielte der Junge nicht aus.«

»Wie meinst du das?«

»Er ist doch selbst fast noch ein Kind. Vermutlich hat er manchmal Gewissensbisse, seine Eltern in Deutschland verlassen zu haben, obwohl er das uns gegenüber nie zeigt. Jetzt sorgen wir für ihn. Aber dann käme noch eine dritte Familie hinzu. Wie sollte er damit klarkommen?«

»Das weiß ich auch nicht.«

»Mit solchen Komplikationen konnten wir natürlich nicht rechnen, als wir ihm die Adoption anboten. Unser Sohn …«

»Kein Kind ist wie das andere. Jedes hat andere Eigenschaften, andere Nöte und Sorgen. Vielleicht haben wir die Entwicklung bei Edward zu sehr beeinflussen wollen, ihm zu wenig Freiheit gelassen. Einmal wollte er sogar mit Sara fortlaufen, um eine Pianistenkarriere …«

Richard starrte sie erschrocken an: »Was sagst du da? Das ist ja schrecklich. Davon wusste ich gar nichts. Das hat er mir nie erzählt.«

Elizabeth lächelte. »Mir hat er davon erzählt. Ich habe es ihm ausgeredet und ihn gebeten, dich nicht damit zu belasten. Du hattest genug am Hals.«

Richard war entrüstet. »Das hätte ich ihm nicht zugetraut, mich mit dem Weingut im Stich zu lassen.«

»Edward war ein guter Junge, aber für eine Karriere als Winzer war er wohl nicht geeignet.«

»Und Tom?«

»Warten wirs ab.«

Noch 2 Tage.

Zuerst hielt er es für eine Wasserspiegelung. Millionen von Lichtern leuchteten in der Bugwelle und erloschen in den sich überschlagenden Wellen. Wie Sternschnuppen flammte das Plankton auf, in Rot-, Blau- und Weißtönen, wie ferne Sonnen. War das Aufleuchten ein Warnsignal? Oder diente es einem anderen, unbekannten Zweck? Tom suchte nach einer Erklärung, aber gleichzeitig ärgerte er sich, dass er das Leben nicht einfach so nehmen konnte, wie es war. Seit seiner Ankunft auf dem Weingut vermutete er hinter allem einen tieferen Sinn und stellte sich tausenderlei Fragen.

Dabei hatte er sich das Fragen in der Schule eigentlich abgewöhnt. Die Lehrer waren nur an vorgekauten, fehlerfreien Antworten interessiert gewesen. Wenn er nachgefragt hatte, hieß es: »Darauf kommen wir später noch zurück«, oder: »Wenn du aufgepasst hättest, würdest du diese dämliche Frage nicht stellen.« Folglich hatte er geschwiegen. Im Berufsleben hätte er ohnehin keine Zeit mehr, über den Sinn und Unsinn des Lebens nachzudenken, und im Alter würde ihm niemand mehr zuhören.

Vielleicht leuchtete das Plankton ja nur aus purer Freude am Sein, vielleicht war es sich der eigenen Schönheit bewusst und ergötzte sich an seinem Licht, so wie er sich am Schein der Taschenlampe erfreute, die er mit an Bord genommen hatte. Je weiter ihr Lichtstrahl reichte, desto begeisterter war er.

»Quatsch«, hörte er seinen Biolehrer, Oberstudienrat Bohrle, nuscheln: »Das Wort Plankton kommt aus dem Griechischen und heißt ›umherirrend‹. Es denkt nichts, es tut nichts, es lässt sich nur treiben, so wie Sie, Thomas Wagner.« Damit hatte er den Spitznamen *Plankton* weg und behielt ihn bis zum Abitur.

Jetzt kam ihm beim Gedanken an seinen Deutschlehrer, den er immer für einen Spinner gehalten hatte, eine Idee. War das Plankton vielleicht eine Kopie der Milchstraße? Dr. Siebke hatte behauptet, die Sonne hätte das Auge des Menschen geschaffen, und Goethe als Zeugen zitiert:

Wär' nicht das Auge sonnenhaft,
es könnte nie die Sonne sehen.

Kopierte sich die Natur? Hatte vielleicht jeder Mensch irgendwo auf der Welt einen Doppelgänger? Er selbst hatte seinen Zwilling durch Zufall gefunden, leider zu spät. Oder war er nur einer Illusion erlegen wie der schöne Narziß, der sein eigenes Spiegelbild im Wasser entdeckt und sich in es verliebt?

Er hatte so viele Fragen, aber an denen war keiner interessiert, und hier draußen auf dem Meer konnte er sowieso niemanden um Rat bitten. Er musste in sich gehen. Die Fragen zu formulieren, fiel ihm leicht, die

Antworten waren das Problem, denn jede Antwort gebar neue Fragen. Es ging ihm wie Perseus bei der Enthauptung der Medusa. Wenn ein Kopf fiel, wuchsen zwei neue nach.

Früher hätte ihn das entmutigt. Er hätte aufgegeben, hätte geglaubt, auf der Stelle zu treten. Jetzt sah er die Welt mit anderen Augen. Jetzt stellte er sich den Fragen, und wenn er keine Antwort fand, übersprang er sie wie bei einem Hürdenlauf. Irgendwann würden sie in einem anderen Kontext neu auftauchen, dann würde er sie vielleicht besser verstehen und beantworten können. Je länger er darüber nachdachte, desto überraschter stellte er fest, dass es auf jede einzelne Frage unendlich viele Antworten gab, aber alle Fragen sich letztendlich in nur einer einzigen bündelten: Was ist der Sinn des Lebens?

Sara war schwanger! Der Gedanke an ein Kind erschütterte, beflügelte und ängstigte Tom. Er wurde Vater! Unglaublich. Warum hatte er sich nicht geschützt? Es war so plötzlich passiert, so überraschend. Von seinen Gefühlen überwältigt, mitgerissen, hatte er alles vergessen, was er zu diesem Thema an gut gemeinten Ratschlägen gelesen und gehört hatte. Einmal verliebt, ist man eben zu allem oder nichts fähig. Sara hätte schließlich auch aufpassen können. Warum hatte sie nicht die Pille genommen? Oder *wollte* sie ein Kind von ihm? In drei, vier Jahren hätte es ihm besser gepasst, dann wäre er mit einer Ausbildung fertig, würde genug verdienen, um eine Familie ernähren zu können. Aber vielleicht wollte das Schicksal ihn prüfen: War seine Liebe stark genug, um mit dieser Herausforderung fertig zu werden? Ja! Er war sich ganz sicher, dass er das meistern würde. Was bedeutete ein Baby schon an finanziellem Aufwand? Ein paar Windeln, ein paar weich gekochte Möhren, sobald die Muttermilch nicht ausreichte, und ein Bettchen, das er selber basteln konnte. Was es am meisten brauchte, war Liebe und Zuwendung, und das kostete nichts. Er würde ihr gemeinsames Kind lieben lernen. Der Rest würde sich ergeben. Irgendwie kriegten sie das schon hin. Es sei denn, Sara wollte das Kind nicht …

Als er sie wiedersah – Freude und Angst im Herzen –, nahm er sie ungewöhnlich zart in den Arm.

Sara protestierte lachend.

»Hey, ich bin doch nicht aus Watte. Du kannst mich ruhig ein bisschen fester drücken.«

»Ich dachte …«, stotterte Tom.

»Was dachtest du?«

»Na ja …«

»Was?«

»Du bist doch schwanger und da …«

Sara wurde blass.

»Woher weißt du das?«

»Russell ist ein Dorf, hast du das nicht immer gesagt?«

Tom strahlte sie an. Sie war so schön, so verführerisch, so hilflos, wie sie dastand und nicht wusste, was sie antworten sollte.

»Verzeih«, flüsterte sie, »ich bitte dich. Ich wollte es dir schon längst …«

»Aber ich freue mich doch, Sara. Ich stehe zu dir, egal, wie du dich entscheidest.«

Sie schlang ihre Arme um ihn und legte ihren Kopf auf seine Schulter.

»Ich habe so lange versucht, das allein durchzustehen. Ich wollte keine Hilfe und war mir sicher, dass ich das schaffen würde. Natürlich hab ich gemerkt, dass du dir Gedanken gemacht hast, warum ich dir gegenüber so reserviert war. Jetzt weißt du es. Ich wollte dich auf keinen Fall da mit hineinziehen. Aber dann kam die Sache am Strand, und ich habe mich Hals über Kopf in dich verliebt.«

»Dafür musst du dich doch nicht entschuldigen …«

»Ich hätte es dir viel früher sagen müssen, damit wir noch entscheiden könnten. Jetzt ist es für einen Abbruch zu spät. Ich bin im sechsten Monat.«

»Im sechsten Monat?«, staunte Tom. »Das sieht man dir nicht an.«

»Ich kleide mich eben geschickt«, lachte sie.

»Zeig her!« Er lupfte ihre weit geschnittene Bluse und streichelte die zarte Wölbung, die ihm vorher überhaupt nicht aufgefallen war. »Muss verdammt eng da drin sein.«

Während Sara einen Kaffee brühte, rechnete Tom nach. Wann hatten sie das Kind gezeugt? Es musste gleich beim ersten Mal unten am Strand passiert sein. Diesen Tag würde er nie vergessen. Er begann an den Fingern abzuzählen, es war genau vor vier Monaten und vier Tagen gewesen, also musste sie im fünften Monat schwanger sein. Er stutzte. Hatte Sara nicht gerade gesagt, dass sie im sechsten Monat war? Hatte sie sich vertan?

»Bist du sicher, dass du im sechsten Monat bist?«

Sie nickte, ohne ihn anzuschauen, und sagte kaum hörbar: »Tom, es ist nicht von dir.«

Tom wurde schwarz vor Augen.

»Ist es«, fragte er schließlich mit bebender Stimme, »ist es von Tipene?«

»Nein.«

Sie begann zu weinen, lautlos erst, wie erstarrt, dann fing sie an zu schluchzen und wurde von einem Weinkrampf geschüttelt.

»Es ist ... es ist ... von Edward.«

Tom schnappte nach Luft. In einer einzigen Sekunde war seine kleine, heile Welt zusammengebrochen, war nur noch eine Ruine. Alles, was er sich auf dem Weg zu Sara ausgemalt, gewünscht und vorgenommen hatte, war ausgelöscht. Unfähig, etwas zu sagen, erhob er sich.

Sara hielt ihn fest. »Ich liebe dich, Tom. Ich brauche dich. Bitte, geh nicht fort. Lass mich nicht allein.«

Er löste sich sanft aus ihrer Umklammerung. Liebte

sie wirklich ihn, oder liebte sie nur das Spiegelbild von Edward?

»Gib mir etwas Zeit.«

Letzter Tag.

Tom wusste nicht mehr, wie viele Tage er schon fort war. Er hatte das Gefühl für die Zeit verloren. An Land war die Zeit eine Gerade gewesen, auf der er entlanggetrabt war, um allen Aufgaben, Pflichten und Terminen gerecht zu werden. Auf dem Meer beschrieb sie einen Kreis, in dessen geometrischem Mittelpunkt er bewegungslos auf seinem Boot saß. Die Gestirne umrundeten ihn, der Tag folgte der Nacht und die Nacht dem Tag, ohne Anfang, ohne Ende. Seine Ängste, Sorgen und Nöte waren in Relation zur Größe und Macht des Meeres immer kleiner geworden und hatten sich beim Anblick der Unendlichkeit des Sternenhimmels verloren. Es gab keine Zielgerade mehr, keine Verpflichtungen, keine Abhängigkeiten, kein Beziehungsgeflecht. Er war der einsamste und freieste Mensch auf Erden. Selbst die Kleidung hatte er abgelegt, er lag auf dem Vordeck und ließ sich von den Strahlen der untergehenden Sonne streicheln.

Immer und immer wieder hatte er sich gefragt, ob es richtig gewesen war, in die Adoption einzuwilligen. Noch konnte er seine Zusage zurücknehmen. Noch war der endgültige Antrag zur Adoption nicht unterschrieben.

Er hatte sich 14 Tage Zeit gegeben für seine Entscheidung, aber schwankte nach wie vor zwischen Euphorie und Verzweiflung. Dabei hatte es so gut angefangen.

Mit Sara hatte sich alles verändert. Er liebte dieses Mädchen, wie er noch keinen Menschen zuvor geliebt hatte, hatte sein Leben mit ihr teilen wollen. Als er erfuhr, dass sie schwanger war, glaubte er, ihre Liebe würde alle Probleme überwinden, und er freute sich, Vater zu werden. Die Eröffnung, nicht er, sondern Edward sei der Vater von Saras Kind, traf ihn wie ein böser Fluch. Edward! Immer wieder Edward!

Wie würden Elizabeth und Richard reagieren, wenn sie erführen, dass Sara ihnen einen leiblichen Enkel schenken würde? Vermutlich würde er selbst dann statt Erbe nur noch Verwalter des Weinguts werden, bis Edwards Sohn alt genug wäre, um seine Position einzunehmen.

Und wenn er nun Sara heiratete? Jetzt oder später, falls sie das überhaupt wollte? Die Robinsons mochten Sara nicht. Sie würden wahrscheinlich nicht wollen, dass sie aufs Weingut zöge. Also müsste er zu Sara ziehen, aber das wäre eine Provokation, die zum Bruch mit den Robinsons führen könnte. Und bliebe er auf dem Weingut wohnen, wäre das möglicherweise das Ende mit Sara.

Tom erkannte, falls er in Russell bliebe, würde er für immer im Schatten von Edward stehen, er würde niemals seinen Platz einnehmen können. Obwohl die Sonne vom sommerlichen neuseeländischen Himmel brannte, fror ihn. Er hatte sich entschieden.

Das riesige Kreuzfahrtschiff, das direkt auf ihn zukam, sah er nicht. Und Rudergänger und Navigationsoffizier auf dem Ozeanriesen wurden von der tief stehenden Sonne geblendet und sahen *ihn* nicht.

Tom fühlte sich eins mit der Welt. Befreit von allem, verlor er sich in der tröstlichen Endlosigkeit des Ozeans. Um diesen Zustand, diese Erkenntnis allerdings für sein Notizbuch in Worte zu fassen, fehlte ihm das Vokabular. Er erahnte, erspürte es, doch in dem Augenblick, in dem er es in einen Satz gießen wollte, erwachte er wie aus einem Traum und hatte es vergessen.

Eine Fliege setzte sich auf seinen Handrücken, saugte mit ihrem kurzen Rüssel gierig den Hautschweiß auf. Die großen Augen, die fast die Hälfte des Kopfes einnahmen, glotzten ihn an. Sie schien bereit zu sein, im Bruchteil eines Wimpernschlags die Flucht zu ergreifen. Mit einer kurzen Bewegung verscheuchte er sie, doch sie war auf den Geschmack gekommen. Summend kehrte sie zurück und landete auf seinem Unterarm, wo sie im Dickicht seiner Härchen erneut auf Nahrungssuche ging. Im Zeitlupentempo hob Tom die rechte Hand, um sie totzuschlagen, aber die Vorstellung von Fliegenbrei auf seiner Haut ekelte ihn an, und er unterließ es. Stattdessen schoss er blitzschnell mit seiner halb geöffneten Hand vor und fing die Fliege ein. Schon als Schüler war er meisterlich im Schnappen von Insekten gewesen, die er seinem Chamäleon schenkte. Er mochte es, wenn sie in seiner Hand eingesperrt waren und laut brummend gegen ihre Gefangenschaft wüteten.

»Lass sie leben«, hörte Tom plötzlich eine Stimme wie aus einer anderen Welt. »Sie hat dir nichts getan.«

Erschrocken richtete er sich auf. Er erkannte ihn sofort, obwohl er keineswegs dem Bild entsprach, das allgemein von ihm gezeichnet wurde. Vorne im Bugkorb stand schemenhaft der Tod: eine dunkle Fliegenwolke, die sich wie ein Bienenschwarm auf dem Hochzeitsflug verhielt. Die Summe ihrer schwarzen Leiber bildete eine menschenähnliche Gestalt, deren Kontur sich fortwährend fließend veränderte. Die Fliegenleiber schoben und drängelten sich, stoben auseinander und verdichteten sich erneut in einer widerlichen Orgie, deren helle, aggressiv-metallische Grundmelodie auf und ab schwang. Es war ekelerregend.

»Was willst du hier?«, rief Tom und versuchte, seiner Stimme Festigkeit zu verleihen.

Der Tod lachte, und aus seiner Mundhöhle entflohen Myriaden von Fliegen.

Toms Magen rebellierte. Zuerst spürte er die aufsteigende Magensäure, dann erbrach er sich. Ein gefundenes Fressen für die Fliegen.

»Sie sind nicht wählerisch, deshalb liebe ich sie«, sagte der Tod.

»Sie sind widerlich. Eine Ausgeburt der Hölle.«

»Ein göttliches Geschenk«, widersprach der Tod, »sie helfen mir bei der Arbeit.«

Wie kann man Fliegen lieben, dachte Tom angeekelt.

»Du musst sie ja nicht lieben«, sagte der Tod, der seine Gedanken zu lesen schien, »aber dankbar solltest du ihnen schon sein. Sie säubern gerade dein Boot.«

»… um sich anschließend auf ein Frühstücksbrot, einen Hundehaufen oder eine Leiche zu setzen!«

»Das tun nur die Fleischfliegen. Sie sind die kostenlose Müllabfuhr der Menschheit.«

»Fliege ist Fliege«, lästerte Tom.

»Irrtum«, widersprach der Tod wieder. »Die Fliege in deiner Hand ist eine Goldfliege. Sie liebt offene Wunden, in die sie ihre Eier ablegt, damit ihre Kinder, die Larven, das entzündete Gewebe fressen und die Heilung der Wunde beschleunigen. Sie ist eine Wohltäterin der Menschheit. Auf den Schlachtfeldern der Geschichte hat sie Millionen von Menschen das Leben gerettet. Ihr solltet ihr ein Denkmal setzen.«

Tom öffnete die Hand und schenkte der Fliege die Freiheit.

»Danke«, sagte der Tod.

»Bitte«, erwiderte Tom. »Und jetzt? Bin jetzt *ich* in deiner Hand? Wenn du Lust hast zuzudrücken, bin ich hin.«

»Ich bin kein Scharfrichter. Leben ist die Vermählung von Geist und Materie für eine begrenzte Zeit. Ich bin nur der Vollzugsbeamte, der die Scheidung durchführt. Ich schaffe Raum für neues Leben.«

»So versuchen sich alle Henker dieser Welt aus der Verantwortung zu mogeln, wenn man sie anklagt. Der Tod ist gnadenlos.«

»Falsch. Von dem Augenblick an, in dem du geboren wirst, stirbt ein Teil von dir. Jeden Tag, jede Stunde, Minute, Sekunde sterben Zellen von dir. Alle sieben Jahre bist du ein völlig neuer Mensch. Nicht eine einzige Zelle überlebt, trotzdem hast du das Gefühl, derselbe zu sein. Leben endet nicht, Leben beginnt nicht, es wandelt sich nur.«

»Dann ist der Sinn des Lebens, sich zu wandeln?«

»Du stellst schwierige Fragen«, lächelte der Tod, »aber ich will versuchen, es dir zu erklären: Der Geist ist der Künstler, und wie jeder Künstler möchte er gestalten. Dazu braucht er die Materie. Der Geist braucht die Materie, deinen Körper, um zu erfahren, was Krankheit, Schmerz, Hunger, Lust, Vergänglichkeit sind. Diese Erfahrungen speichert er und erlaubt dem Künstler in sich, die Materie in immer neue Formen zu gießen.«

»Du sprichst von der Evolution?«

»Die Naturwissenschaftler haben ein beeindruckendes Modell von der Natur entworfen. Viel besser kann man die Materie nicht beschreiben. Mit dem Geist haben sie Schwierigkeiten. Im Augenblick glauben sie, ihn in den Genen und im Gehirn gefunden zu haben. Es ist wie mit euren Computern.«

»Sprichst du von der Hardware oder der Software?«

»Die Hardware ist die Materie, die Software der Geist. Ohne Programm läuft nichts.«

»Und du bist derjenige, der nach Lust und Laune den Strom abstellen kann?«

»Nein, die Lebensdauer steht fest. Es ist wie bei einem Fußballspiel, Anpfiff und Abpfiff liegen nicht in der Entscheidung der Spieler, dazwischen sind sie jedoch frei, zu tun und zu unterlassen, was sie wollen.«

»Und wer bestimmt, wann jemand vorzeitig vom Platz gestellt oder ausgewechselt wird?«

»Betriebsgeheimnis«, lächelte der Tod.

»Den Zeitpunkt des Anpfiffs akzeptiere ich«, sagte Tom nachdenklich. »Ich *wurde* geboren. Ich wurde ohne meine Zustimmung ins Leben geworfen. Aber dass mein Ende festliegen soll, das kann ich, das will ich nicht glauben.«

»Manchmal lässt der Schiedsrichter nachspielen«, sagte der Tod geduldig.

Das zwölfgeschossige Kreuzfahrtschiff war nur noch wenige Bootslängen entfernt.

»Du lügst«, brauste Tom auf.

»Lüge ist der Schatten der Wahrheit. Lüge ist das,

was sein *könnte*. Die Wahrheit ist das, was *ist*«, sagte der Tod.

»Wenn ich die Adoption abgelehnt hätte, wäre ich jetzt nicht hier und müsste um mein Leben fürchten.«

»Ich gebe dir eine zweite Chance«, sagte der Tod, »so wie du sie meiner Goldfliege gewährt hast. Die Zeit ist nur eine Illusion. Ein Traum. Ihr Menschen glaubt, dass die Zeit vorrübergeht. Die Zeit behauptet, dass der Mensch vorrübergeht. Wir sehen uns. Ich warte auf dich. Hier.«

Der riesige, stählerne Bug des Kreuzfahrtschiffs überwölbte das kleine Segelboot, es wurde wie ein Korken auf die Bugwelle gehoben, drohte umzuschlagen, bäumte sich auf und schrammte wie durch ein Wunder seitlich an der über hundert Meter langen Bordwand entlang, um im weiß schäumenden Schraubenwasser mehrmals um die eigene Achse zu kreiseln und fortgeschwemmt zu werden.

Nachspielzeit.

Zwanzig Jahre später wurde Thomas Wagner von einem deutschen Weinhändler ein Neu-Import zum Verkosten angeboten, der seine Neugier erweckte. Verblüfft schaute er auf das Etikett: *TOM, Sauvignon Blanc, Original-Abfüllung Weingut Mokopuna, Russell, Neuseeland*. Sein Weinberg!

Er schloss die Augen, und im Nu wurden lang verschüttete Erinnerungen wach. Mokopuna. Russell. Neuseeland. Wie es wohl den Robinsons ging? Lebten sie überhaupt noch? Gehörte ihnen das Gut noch? Was war wohl aus dem Bootsclub geworden? Ging Tipene noch auf Wildschweinjagd? Und was war mit Sara und ihrem Sohn?

Am selben Nachmittag ging er in ein Reisebüro, buchte einen Flug nach Auckland und bestieg einige Tage später ein Kreuzfahrtschiff, das ihn in die Bay of Islands bringen sollte.

In wenigen Stunden würde er Russell erreichen. Seine Anspannung wuchs. Er schaute durch das Bullauge und versuchte, die Küste auszumachen. Hier war er vor zwanzig Jahren auf das offene Meer hinausgesegelt, um sich Klarheit über seine Zukunft zu verschaffen. Hier war er nur knapp dem Tod entronnen. Hier hatte er sich geschworen, nie mehr den Fuß auf ein Segelboot zu setzen, so lange er lebte. Hier hatte sich seine Entscheidung gefestigt, die Zusage zur Adoption zurückzunehmen und den noch laufenden Antrag zu stoppen.

Die Robinsons hatten seinen Rückzieher damals mit Fassung aufgenommen, als er ihnen eröffnete, dass sie einen leiblichen Enkel bekommen würden. Edward lebte, er lebte weiter in seinem Kind. Elizabeth war sich ganz sicher, dass es ein Junge werden würde, denn das hatte die alte Maori vor vielen Jahren geweissagt. Zwei Söhne hatte sie ihr versprochen. Ihr Trugschluss war gewesen, dass sie Tom für den zweiten Sohn gehalten hatte und nicht den Enkel. Sie hatte umgehend die Musikalienhandlung in Auckland angerufen, wo Edwards Flügel zum Verkauf stand, und ihn sich für einen Rückkauf reservieren lassen. Zusammen mit Mary hatte sie erneut das Zimmer umgeräumt, die alten Fotos aufgehängt und Platz geschaffen für das Instrument. Edwards Sohn sollte im Geiste seines Vaters erzogen werden. Alles würde gut werden.

Sie hatten ihr Vorurteil gegen Sara revidiert, hatten sie im Familienkreis aufgenommen und ihr Abbitte getan. Eifersucht macht blind, hatten sie sich eingestanden und konnten bald nicht mehr verstehen, warum sie diese tüchtige und hübsche junge Frau einmal abgelehnt hatten. Sie versprachen, sie und ihr Kind zu unterstützen, wo immer es nötig und möglich war. Sie wollten sie nur noch überzeugen, dass es das Beste für beide wäre, auf das Weingut zu ziehen. Ihr kleines Holzhäuschen in Russell sollte sie ruhig für die Klavierstunden behalten. Die Klimperei würde Richard sowieso nicht aushalten. Solange Sara mit ihren Schülern beschäftigt wäre, könnte sich Elizabeth um Edwards Sohn kümmern, ihn verwöhnen und für eine behütete, sorgenfreie Kindheit sorgen. Das Schicksal hatte es am Ende doch noch gut mit ihnen gemeint.

Elizabeth hatte Tom zum Abschied in den Arm genommen. »Leb wohl, mein Junge«, hatte sie gesagt, um sich gleich darauf zu verbessern: »Leb wohl, Thomas.« Es hatte ihn gefreut, dass sie ihn nun, da er sie verließ, zum allerersten Mal mit seinem richtigen Namen ansprach. Sie hatte ihn als eigenständigen Menschen akzeptiert.

Richard hatte wie üblich mit seinen Gefühlen gespart. Es täte ihm leid, hatte er gesagt: »Nun muss ich noch zwanzig Jahre allein durchhalten, bis mein Enkel mir zur Hand gehen kann.« Und nach einer kleinen Pause hatte er nachdenklich hinzugefügt: »Wenn er denn will.«

Sara war nicht zum Abschied an den Bus gekommen, der ihn nach Auckland bringen würde. Sie hatte nur Grüße ausrichten lassen und Elizabeth gebeten, ihm einen Brief zu überreichen. Er hätte sie gern ein letztes Mal umarmt, aber vielleicht war es besser so.

Thomas öffnete die obersten Knöpfe seines Hemdes. Er brauchte Luft. Die Kabine wurde ihm zu eng, und er ging an Deck. An der Reling standen dicht gedrängt die Passagiere, lachten, erzählten, fotografierten, prosteten sich zu, tauschten ihre Erlebnisse aus und freuten sich auf den nächsten Landgang in Russell. Die Schiffskapelle spielte auf, verbreitete Urlaubsstimmung über die Lautsprecher, nur hin und wieder wurde die Musik von den krächzenden Ankündigungen abendlicher Veranstaltungstermine und Essenszeiten unterbrochen.

Thomas ertrug diese Ansammlung von gut gelaunten Menschen nicht, die organisierte Fröhlichkeit, die Lautstärke. Er wollte allein sein, irgendwo an einem Platz, an dem er nicht beobachtet werden konnte und wo er nicht ungewollt in lästige Gespräche verwickelt wurde.

Am Ende des Flurs fand er einen Ausgang mit der Aufschrift *Crew only*. Er öffnete die Tür und trat über eine Stufe ins Vorschiff. Hier, im Schatten der Kommandobrücke, war er für sich, der Trubel der Passagiere verebbte und klang nur gedämpft wie aus weiter Ferne herüber. Er atmete auf, setzte sich mit gekreuzten Beinen auf den Boden und entfaltete vorsichtig Saras Brief, den er zwanzig Jahre lang aufgehoben und unzählige Male gelesen hatte.

Gib mir etwas Zeit, hast du zum Abschied gesagt, Tom. Es ist viel, was du verlangst, sehr viel, denn Zeit ist kostbar. Wir verschenken sie nicht, sondern wir tauschen sie ein gegen das, was uns Freude macht. Seit Edward tot ist, frage ich mich, wie viel Lebenszeit jedem von uns gegeben ist. Edward und ich waren uns sehr nahe, aber seine große Liebe galt der Musik. Als ihm klar wurde, dass sie sich nicht erfüllen würde, ging er wortlos fort und ließ mich mit einem Kind zurück. Ich werde es lieben, Tom, genau so, wie ich ihn geliebt habe und wie ich dich liebe. Deshalb fällt es mir leicht, dir Zeit zu schenken.

Sara

P.S. Wenn es ein Junge wird, soll er deinen Namen tragen.

Es war ein Junge geworden. Der kleine Edward Thomas Robinson musste jetzt fast so alt sein wie er selbst damals, als er Sara zum ersten Mal begegnet war. Sara und er hatten sich anfangs noch geschrieben, hatten versprochen, sich wiederzusehen. Später vertrösteten sie einander, weil die Zeit, die Umstände oder der Geldbeutel nicht reichten. Irgendwann schickten sie nur noch zum Geburtstag eine Glückwunschkarte, bis auch dieser Tag im neuen Kalender nicht mehr angemerkt wurde. Die unvergesslichen Erinnerungen aber blieben.

Thomas trat an die Reling und schaute in die Bugwelle. Er dachte an die Zeit, als er allein hier draußen auf dem Meer gewesen war, gelitten hatte, gegrübelt, gekämpft, um sich klar darüber zu werden, wohin seine wunderliche Reise durch das Leben gehen könnte. Er erinnerte sich an die unzähligen Möglichkeiten, die er erwogen hatte, an ihre Vor- und Nachteile bis ins Detail, an die wunderbaren Gedankenpaläste, die er aufgebaut und wieder abgerissen hatte, an die stille Meditation und die lauten Selbstgespräche, die er geführt hatte, bis er schließlich zu der Erkenntnis gelangt war, dass er sich bisher zu sehr um das Ziel gesorgt und darüber den Weg vergessen hatte. Am Ende hatte er begriffen, dass die Suche nach dem Schatz spannender war, als den Schatz zu besitzen. Ihn in der Erde eines Weinberges verborgen zu wissen und danach zu forschen, hatte er erstrebenswerter gefunden, als in den Aktenbergen in einem Büro zu graben. Ein Traum!

In Russell hätte er ihn leicht verwirklichen können. Das Angebot der Robinsons war da gewesen. Er hatte es abgelehnt, wollte unabhängig von Richard sein, wollte nicht länger im Schatten von Edward stehen. In Deutschland war sein Weg zum Kellermeister in Oppenheim am Rhein mühsam und lang gewesen, aber er hatte durchgehalten, und sein Einsatz war von Erfolg gekrönt. Er war ein gesuchter Mann in der Branche geworden, und er war glücklich in seinem Beruf.

Im Gegenlicht der untergehenden Sonne entdeckte er die dunklen Umrisse einer kleinen Yacht, die die Segel heruntergelassen hatte. Beim Näherkommen erkannte er einen jungen Mann, der sich nackt auf dem Deck sonnte. Hatte er das Kreuzfahrtschiff nicht gesehen? Das kleine Boot bewegte sich nicht, dümpelte auf der Stelle. Hatte es einen Motorschaden? Und was war mit dem Kapitän auf der Brücke des Ozeanriesen, er müsste das Segelboot doch bemerkt haben! Hatte der Kerl keine Augen im Kopf? Zumindest auf dem Radarschirm müsste es doch zu erkennen sein! Rasend schnell kamen sie einander näher. Thomas starrte hoch zur Brücke, schrie, brüllte und gestikulierte mit den Armen, deutete auf die kleine Nussschale, die sie gleich überrollen würden. Er formte beide Hände zu einem Trichter, beugte sich weit hinaus über den Bug, kreischte mit sich überschlagender Stimme in die Tiefe, den Schlafenden zu warnen, zu wecken, von Bord zu springen, sein Leben zu retten.

Plötzlich rutschten ihm die Füße weg, er verlor das Gleichgewicht und stürzte kopfüber in die Tiefe, die Zeitlosigkeit.

Seine Eltern und die Robinsons standen schwarz gekleidet unter baumhohen Rebstöcken in dem Weinberg, der seinen Namen trug. Vor ihnen befand sich ein Sarg, von dem sich jeder der Versammelten mit der Motorsäge ein Stück absägte. Sein dicker Physiklehrer sauste an ihm vorbei und schrie: »Galilei hat gelogen. Ich falle schneller als du.« Sara gebar lächelnd einen blutenden Kingfisch. Ein Zollbeamter lehnte seinen Ausweis ab, es fehlte das Passfoto. Tipene nähte sich den eigenen Bauch zu, aus dem ein fauchendes Chamäleon zu entweichen versuchte. Eine Fliege setzte sich auf seinen Arm und summte – es war ein beruhigendes, melodisches Summen, erinnerte ihn an ein Schlaflied, das seine Mutter ihm gesungen hatte.

Auf dem Deck des Segelbootes erwartete ihn Edward. Er fing ihn sicher in seinen Armen auf.

Das Kreuzfahrtschiff setzte seine Fahrt ruhig fort.

Coverbild: René Magritte, *Not to be reproduced*,
© 2010, ProLitteris, Zürich
Covergestaltung: Nicholas Ditzler
Satz: Fotosatz Amann, Aichstetten
Druck und Bindung: CPI – Ebner & Spiegel, Ulm
ISBN 978-3-0369-5578-0

www.keinundaber.ch